讲给孩子的世界文学经典

第一册

侯会 著

Copyright © 2018 by SDX Joint Publishing Company.
All Rights Reserved.
本作品版权由生活·读书·新知三联书店所有。
未经许可,不得翻印。

图书在版编目(CIP)数据

讲给孩子的世界文学经典. 第一册/侯会著. —北京:
生活·读书·新知三联书店, 2018.5
ISBN 978 – 7 – 108 – 06069 – 3

Ⅰ.①讲… Ⅱ.①侯… Ⅲ.①世界文学-文学史-青少年读物
Ⅳ.① I109-49

中国版本图书馆 CIP 数据核字(2017)第 195465 号

责任编辑	王海燕
装帧设计	刘 洋
责任校对	龚黔兰
责任印制	宋 家
出版发行	生活·讀書·新知 三联书店
	(北京市东城区美术馆东街22号 100010)
网 址	www.sdxjpc.com
经 销	新华书店
印 刷	北京市松源印刷有限公司
版 次	2018 年 5 月北京第 1 版
	2018 年 5 月北京第 1 次印刷
开 本	635 毫米 × 965 毫米 1/16 印张 18
字 数	187 千字 图 156 幅
印 数	00,001 – 10,000 册
定 价	40.00 元

(印装查询:01064002715;邮购查询:01084010542)

总目录

第一册

写在前面

一、东方古国远古神话（5000年至3000年前，埃及、巴比伦、印度）

二、《旧约》：犹太人的"圣经"（4000年前，犹太）

三、美洲、非洲的早期文学（前15—9世纪，美洲、非洲）

四、希腊神话故事（前8世纪，希腊）

五、《荷马史诗》唱英雄（前8世纪，希腊）

六、波斯神话、印度史诗（前7—4世纪，波斯、印度）

七、希腊悲喜剧（附《伊索寓言》，前6—前4世纪，希腊）

八、罗马文学与《新约》（前2—2世纪，罗马）

九、印度戏剧、阿拉伯经书（4—6世纪，印度、阿拉伯）

一〇、盎族英雄斩孽龙（7—8世纪，英国）

一一、东瀛日本也有"诗经"（8世纪，日本）

一二、阿拉伯文学宝库《一千零一夜》

（附非洲与阿拉伯文化，8—9世纪，阿拉伯）

一三、波斯诗歌"鲁拜"体（9—14世纪，波斯）

一四、日本物语说"源氏"（10世纪，日本）

一五、史诗传唱英雄曲

（11—12世纪，法国、西班牙）

一六、北欧神话与史诗

（11—12世纪，北欧、德国）

一七、但丁与《神曲》（13—14世纪，意大利）

一八、薄伽丘与《十日谈》

（附彼特拉克，14世纪，意大利）

一九、乔叟与《坎特伯雷故事集》（14世纪，英国）

二〇、"列那狐"与《巨人传》（14—16世纪，法国）

二一、塞万提斯与《堂吉诃德》

（16—17世纪，西班牙）

二二、超越国界的西班牙语文学

（16—17世纪，西班牙及拉丁美洲）

二三、莫尔、斯宾塞和马洛

（15—16世纪，英国）

二四、戏剧大师莎士比亚（16世纪，英国）

二五、弥尔顿与《失乐园》（17世纪，英国）

二六、高乃依、拉辛和拉封丹（17世纪，法国）

二七、喜剧大师莫里哀（17 世纪，法国）

二八、鲁滨孙、格列佛的漂流传奇

　　　（17—18 世纪，英国）

二九、理查逊与菲尔丁（17—18 世纪，英国）

三〇、"百科全书派"的精英们

　　　（17—18 世纪，法国）

三一、卢梭与《忏悔录》

　　　（附博马舍，18 世纪，法国）

三二、越南与朝鲜文学

　　　（18—19 世纪，越南、朝鲜）

三三、拉美文坛有"缪斯"

　　　（17—19 世纪，拉丁美洲）

三四、歌德与《浮士德》（18—19 世纪，德国）

三五、席勒演绎"阴谋与爱情"

　　　（18—19 世纪，德国）

三六、海涅歌唱剑与火（18—19 世纪，德国）

三七、霍夫曼、格林兄弟

　　　（18—19 世纪，德国）

简明外国文学家词典·一（按生年先后排列）

第二册

三八、司各特与《艾凡赫》

　　　（18—19 世纪，英国）

三九、奥斯汀与《傲慢与偏见》
（18—19世纪，英国）

四〇、拜伦与《唐璜》（附湖畔诗人、济慈，
18—19世纪，英国）

四一、呼唤春天的雪莱（18—19世纪，英国）

四二、司汤达《红与黑》（附史达尔夫人等，
18—19世纪，法国）

四三、密茨凯维奇、显克维奇
（18—19世纪，波兰）

四四、俄罗斯文学之父普希金（19世纪，俄国）

四五、巴尔扎克与"人间喜剧"（19世纪，法国）

四六、雨果与《悲惨世界》（19世纪，法国）

四七、大仲马与《三剑客》（19世纪，法国）

四八、梅里美与《嘉尔曼》（19世纪，法国）

四九、乔治·桑与缪塞（19世纪，法国）

五〇、斯托夫人、霍桑（19世纪，美国）

五一、爱伦·坡：惊悚推理的鼻祖
（附麦尔维尔，19世纪，美国）

五二、童话大王安徒生（19世纪，丹麦）

五三、果戈理与《死魂灵》（19世纪，俄国）

五四、狄更斯与《大卫·科波菲尔》
（19世纪，英国）

五五、萨克雷与《名利场》（19世纪，英国）

五六、勃朗特姐妹（附盖斯凯尔夫人，
　　　19世纪，英国）

五七、冈察洛夫、赫尔岑、莱蒙托夫、
　　　舍甫琴科（19世纪，俄国）

五八、屠格涅夫与《猎人笔记》（附亚·奥斯特
　　　洛夫斯基，19世纪，俄国）

五九、惠特曼与《草叶集》（19世纪，美国）

六〇、福楼拜与《包法利夫人》（附小仲马，
　　　19世纪，法国）

六一、陀思妥耶夫斯基与《罪与罚》
　　　（19世纪，俄国）

六二、裴多菲、伐佐夫（19—20世纪，
　　　匈牙利、保加利亚）

六三、科幻大师儒勒·凡尔纳
　　　（19—20世纪，法国）

六四、易卜生与《玩偶之家》
　　　（19—20世纪，丹麦）

简明外国文学家词典·二（按生年先后排列）

第三册

六五、托尔斯泰与《战争与和平》
　　　（19—20世纪，俄国）

六六、马克·吐温与《汤姆·索亚历险记》
　　（19—20世纪，美国）

六七、哈代与《德伯家的苔丝》
　　（19—20世纪，英国）

六八、左拉与《卢贡—马卡尔家族》
　　（19世纪，法国）

六九、都德、法朗士（19世纪，法国）

七〇、莫泊桑与《羊脂球》（19世纪，法国）

七一、萧伯纳与《华伦夫人的职业》
　　（19—20世纪，英国）

七二、王尔德、毛姆（19—20世纪，英国）

七三、史蒂文森、威尔斯（19—20世纪，英国）

七四、柯南·道尔与大侦探福尔摩斯
　　（19—20世纪，英国）

七五、契诃夫与《第六病室》（附绥拉菲莫维奇，
　　19—20世纪，俄国）

七六、何塞·马蒂、欧·亨利等
　　（19—20世纪，美洲）

七七、继往开来的埃及文坛（19—20世纪，埃及）

七八、泰戈尔与《吉檀迦利》
　　（19—20世纪，印度）

七九、二叶亭四迷、夏目漱石
　　（19—20世纪，日本）

八〇、与音乐结缘的罗曼·罗兰

（19—20世纪，法国）

八一、高尔斯华绥与《福尔赛世家》

（附伏尼契，19—20世纪，英国）

八二、高尔基的自传三部曲

（19—20世纪，俄苏）

八三、普鲁斯特与《追忆似水年华》

（19—20世纪，法国）

八四、德莱塞与《美国的悲剧》

（19—20世纪，美国）

八五、杰克·伦敦与《海狼》

（19—20世纪，美国）

八六、普列姆昌德、德钦哥都迈

（19—20世纪，印度、缅甸）

八七、卡夫卡与《变形记》

（19—20世纪，奥地利）

八八、茨威格与《象棋的故事》

（19—20世纪，奥地利）

八九、哈谢克与《好兵帅克》（附伏契克等，19—20世纪，捷克）

九〇、乔伊斯、艾略特、贝克特

（19—20世纪，英国、法国）

九一、芥川龙之介与《地狱变》（附小林多喜二，20世纪，日本）

九二、小托尔斯泰、马雅可夫斯基

（19—20世纪，俄国）

九三、赛珍珠、福克纳（20世纪，美国）

九四、海明威与《老人与海》

（附米切尔，20世纪，美国）

九五、川端康成与《伊豆的舞女》（附井上靖，

20世纪，日本）

九六、法捷耶夫与"保尔·柯察金"

（20世纪，俄苏）

九七、肖洛霍夫与《静静的顿河》

（20世纪，俄苏）

九八、艾特玛托夫、米兰·昆德拉

（20世纪，俄苏、捷克）

九九、聂鲁达、马尔克斯等（附米斯特拉尔，

20世纪，智利、哥伦比亚）

一〇〇、桑戈尔、阿契贝、索因卡等

（20世纪，非洲）

简明外国文学家词典·三（按生年先后排列）

目录

写在前面 / 1

一、东方古国远古神话（5000年至3000年前，埃及、巴比伦、印度）
古埃及的石头文明与莎草文明 / 1
巴比伦"空中花园"与《天问》"悬圃" / 3
《吉尔伽美什》：史诗中的"大姐大" / 5
印度古诗名"吠陀" / 6

二、《旧约》：犹太人的"圣经"（4000年前，犹太）
犹太遗文成"圣经" / 9
伊甸园里的亚当、夏娃 / 11
《旧约》中的洪水神话 / 12
摩西的传奇人生 / 14

三、美洲、非洲的早期文学
（前15—9世纪，美洲、非洲）
印第安文明盛极一时 / 16

非洲早期神话传说 / 18

四、希腊神话故事（前8世纪，希腊）
希腊文明，崇文尚武 / 20
奥林匹斯山上的大神宙斯 / 21
大力士赫拉克勒斯 / 24

五、《荷马史诗》唱英雄（前8世纪，希腊）
《伊利亚特》："女人祸水"希腊篇 / 25
阿喀琉斯之踵与特洛伊木马 / 27
《奥德赛》，海上历险 / 28
都是"金苹果"惹的祸 / 30

六、波斯神话、印度史诗
（前7—4世纪，波斯、印度）
波斯古教，拜火崇光 / 32
印度史诗《摩诃婆罗多》 / 34
《罗摩衍那》，神猴称雄 / 36

七、希腊悲喜剧（附《伊索寓言》，
前6—前4世纪，希腊）
露天剧场，好戏开演 / 38
埃翁悲剧，普罗被缚 / 39

索翁悲剧《俄狄浦斯王》：打不破的魔咒 / 41
欧翁悲剧《美狄亚》：神女也疯狂 / 43
阿里斯托芬：不仅带来笑声 / 45
锁不住的思想：《伊索寓言》/ 47

八、罗马文学与《新约》（前2—2世纪，罗马）

罗马文学逊比邻 / 49
《埃涅阿斯纪》与"诗坛三杰" / 51
耶稣降生伯利恒 / 53
《新约》与基督教《圣经》/ 54

九、印度戏剧、阿拉伯经书
（4—6世纪，印度、阿拉伯）

《沙恭达罗》，享誉欧亚 / 56
穆罕默德创立宗教 / 57
《古兰经》又是文学宝库 / 59

一〇、盎族英雄斩孽龙（7—8世纪，英国）

千年中世纪，史诗颂英雄 / 61
《贝奥武甫》，降龙好汉 / 62

一一、东瀛日本也有"诗经"（8世纪，日本）

神话渊薮《古事记》/ 63

和歌经典《万叶集》/ 65

一二、阿拉伯文学宝库《一千零一夜》
（附非洲与阿拉伯文化，8—9世纪，阿拉伯）

《天方夜谭》从何说起 / 67
瓶中魔鬼败给渔夫 / 68
巴格达女郎的豪宅隐秘 / 69
阿拉丁神灯的故事 / 71
阿里巴巴："芝麻开门" / 73
杀羊取宝石，国人早知道 / 74

一三、波斯诗歌"鲁拜"体（9—14世纪，波斯）
波斯重诗人，《鲁拜》多妙语 / 76
萨迪《蔷薇园》，华夏早知闻 / 79

一四、日本物语说"源氏"（10世纪，日本）
《源氏物语》：日本皇族那点事儿 / 82
紫式部："长篇小说"第一人 / 84

一五、史诗传唱英雄曲
（11—12世纪，法国、西班牙）

英雄罗兰，虽死犹生 / 86
熙德御敌，伊戈尔远征 / 88

骑士文学流行一时 / 90

一六、北欧神话与史诗
　　　（11—12世纪，北欧、德国）
北欧神话巨人篇 / 91
《尼伯龙根之歌》：王子屠龙记 / 93
匈奴王庭的血光 / 95

一七、但丁与《神曲》（13—14世纪，意大利）
扯起"文艺复兴"的大旗 / 97
但丁——意大利的"屈大夫" / 99
暗恋女友成诗神 / 100
《神曲》：地狱九重，鞭挞罪恶 / 102
天堂庄严，美丽如画 / 104
一生荣辱，历史公正 / 105

一八、薄伽丘与《十日谈》
　　　（附彼特拉克，14世纪，意大利）
彼特拉克：让杯中斟满爱情 / 107
为躲瘟疫讲故事 / 109
敢跟教会开玩笑 / 111
羽毛木炭，总是有理 / 112
院长的"帽子"与城里的"绿鹅" / 113

巧用戒指打比方 / 115
与《神曲》并肩的"人曲" / 116

一九、乔叟与《坎特伯雷故事集》（14世纪，英国）
他被称为"英国诗歌之父" / 117
女人命运挂刀尖 / 119
贵妇人与木匠妻 / 121
比恶人更贪婪的赦罪僧 / 122

二〇、"列那狐"与《巨人传》（14—16世纪，法国）
法兰西也有"狐狸精" / 123
拉伯雷撰写《巨人传》 / 125
一部巨人时代的巨著 / 127

二一、塞万提斯与《堂吉诃德》
　　　　（16—17世纪，西班牙）
独臂作家塞万提斯 / 128
《堂吉诃德》：一个穷乡绅的骑士梦 / 130
有女莫做骑士妇 / 132
"至少我们还有《堂吉诃德》" / 134

二二、超越国界的西班牙语文学
　　　　（16—17世纪，西班牙及拉丁美洲）
流浪汉小说《小癞子》 / 136

维加戏剧：凶手就叫"羊泉村" / 138

宣扬"和为贵"的《奥扬泰》 / 139

美洲也有"荷马史诗" / 141

二三、莫尔、斯宾塞和马洛
（15—16世纪，英国）

莫尔空想"乌托邦" / 142

斯宾塞《仙后》：圆桌骑士时刻准备着 / 144

马洛神秘消失之谜 / 146

二四、戏剧大师莎士比亚（16世纪，英国）

"跑龙套的"写起剧本来 / 148

《威尼斯商人》：喜剧还是悲剧 / 149

《罗密欧与朱丽叶》：爱化解了仇恨 / 152

《哈姆雷特》：王子复仇 / 154

生存还是毁灭，这是个问题 / 155

《奥赛罗》：小人拨乱酿悲剧 / 157

悲剧《麦克白》和《李尔王》 / 159

传奇剧《暴风雨》 / 160

摘下面具，口吐莲花 / 162

"莎士比亚就是无限" / 163

二五、弥尔顿与《失乐园》（17世纪，英国）

革命让剧场关张 / 165

眼盲心亮的弥尔顿 / 166
《失乐园》与《力士参孙》 / 167

二六、高乃依、拉辛和拉封丹（17 世纪，法国）
古典主义：给剧作家立"规矩" / 170
高乃依名剧《熙德》 / 171
《昂朵马格》：拉辛悲剧更动人 / 173
走进拉封丹的寓言世界 / 175

二七、喜剧大师莫里哀（17 世纪，法国）
"不走正路"的莫里哀 / 177
喜剧险遭禁演 / 178
《伪君子》：撕掉"圣人"的面具 / 179
扒不掉的教士黑衣 / 181
《悭吝人》：为"抠门儿大家"立传 / 183
倒在《无病呻吟》的舞台上 / 185
"我们的光荣里却少了他" / 186

二八、鲁滨孙、格列佛的漂流传奇
　　　（17—18 世纪，英国）
人定胜天鲁滨孙 / 188
"现代新闻报道之父"笛福 / 189
斯威夫特的"小人国游记" / 191

二九、理查逊与菲尔丁（17—18世纪，英国）

鸿篇巨制《克拉丽莎》／193

菲尔丁：舞文弄墨的警察厅厅长／195

《汤姆·琼斯》："小说里的荷马史诗"／196

三〇、"百科全书派"的精英们
（17—18世纪，法国）

光明世纪，百科启蒙／198

孟德斯鸠的《波斯人信札》／200

伏尔泰与《老实人》／201

狄德罗的《修女》：一个半真半假的故事／203

三一、卢梭与《忏悔录》
（附博马舍，18世纪，法国）

卢梭：人格重于金钱／205

书信体小说《新爱洛绮丝》／207

《忏悔录》：个性解放的宣言书／208

"法国大革命从《费加罗的婚礼》开始"／209

三二、越南与朝鲜文学
（18—19世纪，越南、朝鲜）

越南中国，文化相通／211

《金云翘传》，源自华夏／213

《春香传》:朝鲜也有"玉堂春" / 214

三三、拉美文坛有"缪斯"
　　　　（17—19世纪，拉丁美洲）
"第十位缪斯"克鲁斯 / 217
《癞皮鹦鹉》:拉美长篇第一部 / 219
从《屠场》看那时的阿根廷 / 220

三四、歌德与《浮士德》（18—19世纪，德国）
"狂飙突进"撼文坛 / 222
歌德从莱茵河畔走来 / 223
小说《少年维特之烦恼》 / 225
"维特热"横扫欧洲 / 227
从政魏玛，收获爱情 / 228
结交诗友，仰慕东方 / 230
伟大时代孕育了伟大诗人 / 231
诗歌巨著《浮士德》 / 232
人心满足日，便是堕落时 / 235
欧洲文人的"巨大自白" / 236

三五、席勒演绎"阴谋与爱情"
　　　　（18—19世纪，德国）
高墙关不住的席勒 / 238
"以火治世"说《强盗》 / 240

《阴谋与爱情》：跨越等级生死恋 / 242

三六、海涅歌唱剑与火（18—19世纪，德国）
三千名曲海涅诗 / 244
《旅游札记》：景美思深 / 246
织工之歌：三重诅咒入织机 / 247
讽刺长诗《德国，一个冬天的童话》/ 249
长剑押棺慰诗魂 / 251

三七、霍夫曼、格林兄弟（18—19世纪，德国）
霍夫曼《金罐》有点儿"神" / 252
格林兄弟，童话"大王" / 254

简明外国文学家词典·一（按生年先后排列）/ 256

写在前面

一

书架上插着《中华文学五千年》《世界文学五千年》《中华文学五千年（近现代卷）》，题签字迹隽秀挺拔，是书法大师启功先生的手笔。只是书脊略显陈旧，毕竟是二十几年前的出版物了。插在旁边的《讲给孩子的中国文学经典》《讲给孩子的世界文学经典》《讲给孩子的百年文学经典》，则是五六年前更名再版的本子，封面依然簇新。

不止一个孩子告诉我，他更爱读世界文学这套，我听了有点儿意外——怎么会？据我所知，中国那套销量更大，似乎更受欢迎。

但也不难理解：中国传统诗文孩子们从小就接触，课上读，课下背，老师家长又从旁引导督促。邻家有个小朋友还没上幼儿园，已经每日"鹅、鹅、鹅，曲项向天歌"了。如此一来，新鲜感难免降低。家长们倒是热情不减，听说出了专门写给孩子的传统文学通俗读物，当然要第一时间抢着购买。

相比之下，外国文学的窗台对孩子而言显得有点儿高，多数孩子在小学阶段接触的，仍以《白雪公主》《卖火柴的小女孩》等童话、传说故事居多，至多是《哈利·波特》《海底两万里》等。不过，一个丰富多彩的文学世界就等在那儿，有人帮他们推开那扇窗时，满园春色扑面而来，五大洲五千年文学遗珍璀璨夺目，将给孩子带来何等的喜悦和震撼，是可以想见的！

有人打比方说：中国传统文化仿佛餐桌上的稻粱五谷，朴素馨香，一顿也不能少；外来文化则如鱼肉蔬果，滋味鲜美，同样不可或缺——这样的比喻当然远不够准确。不过有一点确定无疑：孩子们要长得结实，单一的营养是不够的；发育身体、健全人格，不可挑"食"，去芜取精、兼收并蓄才好。

二

而今的家长高度重视孩子的外语学习，不惜重金，为他们报班、请家教，自然是有远见的。不过语言还只是工具，从文化背景上了解世界，从小培养孩子开阔的文化视野，应是更高层次的学习。

岂止孩子需要扩展眼界，作为家长，您的知识结构又如何？您能数出几位世界级的文学"大腕"，说出几部古今知名的文学经典？《荷马史诗》您应该听说过，那么希腊三大悲剧诗人又是谁？再看这些名字：莎士比亚、莫里哀、歌德、拜伦、普希金、巴尔扎克、雨果、果戈理、狄更斯、屠格涅夫、陀思妥耶夫斯基、托尔斯泰、马克·吐温、左拉、莫泊桑、契诃夫、泰戈尔……这些文学巨匠的国籍是什么，他们的经典著作又有哪些？

至于作家们的逸闻趣事，您又了解多少？例如身为贵族的托尔斯泰为什么要自己缝皮靴？巴尔扎克为啥写作时突然号啕大哭起来？狄更斯因何能把苦孩子的生活写得那么逼真？"马克·吐温"这个笔名又是什么意思……您不妨跟孩子们一起翻开这本书。

本书的写作，仍以时间为序，如同邀请孩子和家长来一趟"说走就走"的文学之旅：以世界各民族先民神话为起点，终点设在20世纪现代文坛。

沿着岁月的长河，游走于五大洲的文学原野，去拜访人类文明史上顶尖的文豪巨匠；听"导游"介绍他们的生平，讲述经典故事，评说艺术短长，兼谈趣闻逸事。——您将与二百多位文学家晤面，翻阅七八百部经典作品……

三

本书此次获得再版机会，在修订上颇下了一番功夫。如内容上做了增益调整，新添的作家有乌克兰农奴诗人舍甫琴科、法国作家普鲁斯特、捷克作家米兰·昆德拉以及吉尔吉斯作家艾特马托夫……

形式上则改变了爷孙对话的构架，使全书的条理更为清晰顺畅。排列中强调时间线索，淡化地域国别，尝试以"地球村"的视角俯瞰世界，让读者获得视通万里、思接千载的独特享受。

全书一百节，分为三册，每册书尾附有新编的简明作家词典。依《讲给孩子的中国文学经典》的先例，仍按作家生年顺序排列。对正文中未及涉猎的作品，词典中也有所补充。

文字的朴素生动、亲切有味，仍是本书追求的目标。至于遴选精美图画分插于文字间，以达到图文并茂的效果，也仍是本书宗旨之一。

感谢三联书店各级领导，使本书能以崭新面貌与孩子们再度见面。美编室蔡立国主任和刘洋老师的高水平装帧，为本书增色不少。责任编辑王海燕女士对这部书稿的不离不弃和始终陪伴，令我感动，也成为我修订此书的动力。

附注：本书所引翻译文字出自名家，恕未一一注明，在此一并致谢。出于对译者的尊重，在用字用词上尽量保持原貌，特此说明。

侯会

丁酉夏，于北京黄村与德堂

一、东方古国远古神话（5000年至3000年前，埃及、巴比伦、印度）

古埃及的石头文明与莎草文明

摊开古老的世界地图，在北纬20度到40度之间，有一道看不见的金环。世界文明的发祥地——中国、埃及、巴比伦、印度、希腊……恰似几颗闪闪发光的钻石，就镶嵌在这道金环上。世界上最早的文学作品，也都诞生在这几处古文明的摇篮中。

埃及尼罗河畔的狮身人面像

古老的埃及位于非洲北部,远在四千六七百年前,尼罗河畔已经耸立起高大雄伟的金字塔和狮身人面像。在中国,那是传说中的炎黄时代。

埃及先民不但用有力的双手创造了沉重的石头文明,还用聪明的头脑创造了轻盈的莎草文明。莎草是类似芦苇的植物,成片生长在尼罗河边。古埃及人拿它的茎秆制成莎草纸,用埃及特有的象形文字在上面记录历史、写诗撰文、抒发情怀。——那可是世界上最早的书面文学,比金字塔的出现还要早上几个世纪!

在埃及古代陵墓的石棺里,人们还发现了用莎草纸装订的整部诗集。那是些咒语、祷文或诗歌之类,是专供死者在阴间诵读的,因而取名《亡灵书》。保留至今的作品有一百四十多篇,其中最古老的大约写于三千五百年前。在中国,那是甲骨文盛行的商代。

说是《亡灵书》,里面的文字并非死气沉沉。有些诗篇不但写得很美,还富有生活气息,历经数千年,依然声声入耳。读读这一节:

> 请用这样的名字呼唤我:
> 居留在葡萄园中的主人,
> 漫游过城市的孩子,平原中的青年。
> 请用这样的名字呼唤我:
> 走向父亲的小孩,
> 光明的孩子,在黄昏中找到了他的亲人。

在诗中，我们不难听出对美好生命的眷恋，对平凡生活的渴望。

在一座埃及古墓里，人们还发现刻在墓壁上的诗歌。其中有一首描写奴隶搬麦子的歌谣：谷仓装不下了，大船也装满了，可还逼我们搬啊搬的。难道我们的心是青铜的不成？——这首歌谣，是不是有点儿像中国《诗经》里的《伐檀》？

古埃及的文学形式多样，有神话、歌谣、宗教诗、箴言，还有故事、传记、游记、戏剧……可惜公元前10世纪以后，波斯人、马其顿人、罗马人越海打来，古埃及运衰国亡，文学也成了断线的风筝。

巴比伦"空中花园"与《天问》"悬圃"

从埃及出发，跨过约旦河向东，便来到阿拉伯半岛北部的肥沃平原。那里又称两河流域，幼发拉底河和底格里斯河从那里淌过，不但带去富庶，也滋养了那里的文明。大约四千年前，古巴比伦国就建在那一带。

说到这个举世闻名的古代强国，就不能不提到两件事物：一是号称"世界七大奇迹"之一的"空中花园"，一是世界上最早的民族史诗《吉尔伽美什》。

"空中花园"是一座人工堆筑的山丘，分上、中、下三层。上面栽满奇花异树，建有辉煌的宫殿，远远望去，简直就是人间天堂。可惜这一奇观早已成了废墟。

不过"空中花园"早就名扬四海，甚至还被记入华夏典籍。

画家笔下的巴比伦"空中花园"

战国大诗人屈原的《楚辞·天问》中,便有"昆仑县圃,其居安在"的追问。学者解释说,"县"即悬,"圃"即园圃;悬在空中的园圃,不就是"空中花园"吗?

至于屈原所说的"昆仑",也不是指中国境内的昆仑山。据古籍记载,距中国一万一千里有座"昆仑之虚(墟)",方圆八百里,高万仞,上面建有方城,每面城墙上开着九座城门,城门都有"开明兽"把守,城外则有"弱水"环绕。

学者怀疑这里说的正是巴比伦城。所谓"开明兽",大概就是传说中的斯芬克斯吧,它跟埃及的狮身人面像同为一种神兽。而城外的"弱水",便是幼发拉底河和底格里斯河了。

这当然只是一家之言。不过种种迹象表明,古代虽然没有先进的交通工具,可山再高、海再阔,也挡不住人类相互交往的强烈愿望。

《吉尔伽美什》:史诗中的"大姐大"

巴比伦的另一桩奇迹,是刻在泥板上的史诗《吉尔伽美什》。

史诗的主人公吉尔伽美什是乌鲁克城的统治者。他三分之二是神,三分之一是人,力大无穷,到处闯祸。老天于是派了勇士恩启都去对付他。没想到"不打不成交",这两人竟成了生死之交。他们发誓除暴安良,为民造福。两人先后杀死森林之妖洪巴巴以及女仙派来的天牛精,可恩启都却因此遭了天神的报复,一病不起。

恩启都的死,启动了吉尔伽美什寻求长生的念头。他入地下海,历尽艰辛,好不容易搞到一株仙草,本打算拿回去跟同胞们共享,不料途中被一条可恶的蛇偷吃了。英雄终于明白了:人类根本就没法儿永生。

几千年来,全世界的统治者们为了追求长生不老,不知动了多少蠢脑筋。其实人寿有限的道理,聪明的巴比伦人四千年前就弄懂啦!

也许你已经联想到中国神话中的神箭手羿,跟吉尔伽美什相似,两人都是为民除害的英雄,都曾得到不死药却被偷吃。只是偷吃者的身份不同,一个是妻子,后来变成蟾蜍,另一个干脆就是丑陋的蛇。

《吉尔伽美什》开始只是在民间口头流传,到了三千九百年前才渐渐定稿,被记录下来。世界各民族几乎都有史诗,这部《吉尔伽美什》要算史诗中的"大姐大"啦。全诗三千行,分刻在

刻在泥板上的楔形文字

十二块泥板上。

对了,巴比伦人的书写材料跟埃及的不同,他们用削尖的小木棍当笔,把文字刻在潮乎乎的泥板上,然后晒干烧硬,收藏起来。由于刻出的笔画总带个尖尖,因此人们称它为"楔形文字"。楔形文字的使用约在六千年前,比埃及的象形文字还要早,那应是世界上最古老的文字了。

当《吉尔伽美什》被记录定稿时,中国正是夏朝,也有一些文章、诗歌流传,被收在"五经"之一的《尚书》中。

印度古诗名"吠陀"

从两河流域沿着波斯湾及阿拉伯海的北岸向东,就来到我们的近邻印度。虽说是近邻,可中印之间隔着"世界屋脊"喜马拉雅山脉,因而形成完全不同的文明。

印度地处亚热带,气候炎热多雨。恒河流域土肥水旺,是一片人间乐土。印度人民在那儿生息耕作,恒河就是他们的母亲河,地位如同中国的黄河、长江。印度文明的萌发,也是这条大河孕育的结果。

印度文化中有着数不清的美丽神话，这大概跟那里的自然条件有关。有位学者就说过：热带地区植物茂盛，瓜果丰富，人们生活相对轻松，也就有了浪漫遐想的余裕。有位德国学者甚至断言："世界上一切童话和故事的老家是印度，一切寓言的老家是希腊。"这话似乎有点儿武断。不过鲁迅先生说过，"天竺（就是今天的印度）寓言之富，如大林深泉，他国艺文往往蒙其影响"，则是中肯之论。

说起来，最早的印度诗歌有好几千首，收在四部以"吠陀"命名的集子里——"吠陀"就是古梵语"知识"的意思。

印度人中有很大一部分是北来的雅利安人，他们信奉婆罗门教，《吠陀》便是婆罗门教的经典，其中有赞美诗、祈祷文及咒语等，开始只是口耳相传，后来才集结成册。最古老的诗篇已有四千年历史。

四部《吠陀》诗集，以《梨俱吠陀》资格最老。里面包括一千多首神曲，加起来有两万多行！

按《梨俱吠陀》讲，世间万物起源于水，而先天地而生的大神叫"生主"，再由生主产

古印度吠陀经

生出"原人"。婆罗门教教义主张人分四等：最高一等叫婆罗门，即僧侣、长老；第二等叫刹帝利，是指拥有土地的军事贵族，包括国王、各级官员、武士等；第三等叫吠舍，即平民，包括农民、工匠、商人等；第四等叫首陀罗，是指贱民，只能当雇农、奴仆，从事贱业。

照《吠陀》神曲说，这四等人都是"原人"的一部分：

> 原人之口，生婆罗门；
> 彼之双臂，长刹帝利；
> 彼之双腿，产生吠舍；
> 彼之双足，出首陀罗。

这说法，跟中国神话中的盘古创生万物有点儿相似哩。《吠陀》诗歌中除了神话，有的还含有生活哲理，像这一首"人的愿望各不同，木匠就盼车子坏，医生盼人跌折腿，僧侣就等施主来"，多像一首打油诗。读着这诗，你会觉得我们跟四五千年前的人没什么隔膜。

提到文字之美，《吠陀》又比不上后来的两部印度史诗：《摩诃婆罗多》和《罗摩衍那》。——据说天神曾把《摩诃婆罗多》跟《吠陀》诗集拿到天平上去称，结果史诗的分量更重些，二者价值的高低，就这么排定了。

只是这两部史诗问世较晚，我们将在后面介绍。

二、《旧约》：犹太人的"圣经"
（4000年前，犹太）

犹太遗文成"圣经"

世界上另一古文明源头是希伯来。希伯来人是犹太人的祖先，也称以色列人。他们原本也生活在两河流域。四千年前，整个民族越过约旦河，迁移到今天的巴勒斯坦一带，当时称作迦南地区。

又经历了好几百年的奋斗与经营，希伯来人在那儿建立起统一的国家，首都就设在举世闻名的耶路撒冷城。——那里后来成为犹太教、基督教和伊斯兰教的圣地。据说耶稣就是在那儿被钉死在十字架上，伊斯兰教创始人穆罕默德也是在那里升天的。

好景不长，希伯来王国不久就分裂成以色列和犹太两个国家。兄弟不和，惹来外族乘虚而入。两千七百年前，以色列落败。又过了不到二百年，巴比伦人攻破犹太都城耶路撒冷，俘虏了好几万犹太人。波斯人、马其顿人和罗马人也相继来欺负他们。到了一二世纪，犹太人干脆连立脚的地方都没有了。大批犹太人背井离乡，流落到世界各地，成了没有祖国的人。

国家灭亡了，可文化还在。犹太人信仰犹太教，尊崇唯一的上帝耶和华。亡国以后，宗教成为犹太人团结族人的唯一手段。祭司们把凡是能找到的希伯来文献都搜集到一块儿，编成一部集子，把它放到教堂的"约柜"里，说这是希伯来人与上帝的"约书"。于是一部普普通通的文献集,就变成了面貌庄严的"圣经"。

这部"圣经"共三十九卷,内容分为四部分:"经律书""历史书""先知书""圣书"。"经律书"便是大名鼎鼎的"摩西五经",包括《创世记》《出埃及记》《利未记》《民数记》《申命记》,相传出自希伯来圣人摩西之手,所记多半是希伯来的神话传说。

"历史书"则包括《约书亚记》《士师记》《列王记》等,记述了希伯来的历史,从占领迦南、建立国家,直至南北分治、族危国亡,记得很详细。扫罗、大卫、所罗门等几代名王的丰功伟绩,也都有详尽的描述。

"先知书"是犹太先知的演讲稿,大都以先知的名字命名,什么《以赛亚书》《耶利米书》,全是宗教鼓动家的讲演稿,读起来音调铿锵、慷慨激昂。

《旧约》故事插图

最后一类"圣书",其实就是诗文集。内容五花八门,既有诗歌、箴言,又有传道书。其中的《路得记》《以斯帖记》,简直就是小说。

这部犹太的"圣经",后来被基督教所继承,成为基督教"圣经"的《旧约》,有别于后出的《新约》。

伊甸园里的亚当、夏娃

撇开宗教的意义不说,单从文学上看,犹太教这部"圣经"有着挺高的欣赏价值。就说"摩西五经"的神话传说吧,让人一读起来就舍不得放下。——来看看希伯来人对宇宙初开、万物生成的说法吧。

照《创世记》的解释:上帝,也就是耶和华,在创世的第一天先创造光明,第二天创造天空,第三天创造陆地和海洋,第四天创造日月星辰,第五天创造鱼和鸟,第六天创造野兽、昆虫及人类,第七天则被定为圣日,人们在这一天停止一切工作,因此又叫安息日。直到今天,咱们还歇"礼拜天"呢。

那么人又是怎么被创造的?巧得很,跟中国神话女娲造人用的是同一种材料——泥土。上帝用泥土制造了世上第一条好汉,取名亚当。怕他孤独寂寞,又趁他熟睡,从他身上取下一根肋骨,造了个女人来陪伴他,就是夏娃。

上帝在东方有座大花园,叫伊甸园。那里花繁树茂,蝶舞莺啼,美极了。亚当、夏娃无忧无虑地住在园子里头,饿了吃果子,闲了做游戏,没有比这更自在的了。不过上帝再三叮咛:

亚当、夏娃在伊甸园

园子里有棵善恶树,那上面结的果子,可千万别碰。

有一回,蛇悄悄对夏娃说:你知道上帝为什么不让你们吃善恶树的果子吗?因为那果子滋味鲜美,吃下一颗,就会眼明心亮,变得跟上帝一样聪明!

夏娃禁不住这诱惑,就大胆吃了一颗,还劝亚当也吃了一颗。这一吃不要紧,两人顿时眼明心亮,萌发了羞耻之心,发现自己居然赤身裸体,实在有伤大雅,于是忙找些树叶来围在腰间。

上帝知道这事,大发雷霆,把这对不听话的男女赶出伊甸园,罚女人增添了怀胎生育之苦,又罚男人终生在田里劳作。——人类的苦难,从此开了头。

《旧约》中的洪水神话

后来的苦难还多着呢。亚当、夏娃生儿育女,人类繁衍得越来越多。他们作恶多端、自相残杀,惹得上帝发了火,决定用一场大洪水来毁灭人类与万物。——大概上帝临时改了主意,他暗中嘱咐一个名叫诺亚的人造了一只"方舟",以保全性命。

这只船造得很大,因而很费工夫,整整造了一百二十年!完工时,离上帝惩罚生灵的时间只剩七天了。诺亚携妻抱子登上方舟,把动物家禽也各带了一对儿。老天下起瓢泼大雨,一直下了四十个昼夜,天地间变成一片汪洋,生灵万物全都完了!只有诺亚的方舟,在水上漂呀漂的。

雨停一年以后,大水才开始退去。一天,诺亚放出的一只鸽子飞回来了,嘴里衔着一枝橄榄枝。这意味着水退了,陆地露出来了。——这以后,一只衔着橄榄枝的鸽子,便成了和平安宁的象征。

据说老诺亚一直活到九百多岁。他的后代分成三支,一支发展成北方民族,一支发展为闪米特人(巴比伦文明就是他们创

诺亚方舟

造的），还有一支成了非洲的含米特人。

世界各族神话中都不约而同提到了大洪水，学者们因此断定，可能当初真的有一场世界性的大洪水，困扰着人类的先民。中国神话中不但有"大禹治水"，还有"女娲兄妹"的传说。据唐代《独异志》记载，宇宙初开时，天下只有女娲跟她的哥哥两个人。他俩跑到昆仑山上，兄妹结合生下子女，是为人类之始。

此外还有神话说，女娲的哥哥便是伏羲，两人是被大洪水逼到昆仑山上，不得已才结为夫妻，保存了人类。民间传说还添枝加叶，说兄妹以葫芦为船，才没被淹死。——这跟诺亚方舟的神话，也有几分相似呢。

摩西的传奇人生

那么犹太教的大圣人摩西又是怎样一个人？约书中也有记述：原来有一阵子，以色列人迁到埃及，在那儿繁衍生息，人丁兴旺。这让埃及的法老王坐卧不宁，于是制定法律：凡是希伯来人，只能干最脏最累的活；一旦生了男孩儿，就得丢进河里去喂鱼！

有一对以色列夫妇刚好生了个男孩儿，又不忍心丢弃，便把他装进一只涂了沥青的草篮里，放到尼罗河边的芦苇丛中听天由命。有个好心肠的埃及公主捡到这条小生命，便做了他的保护人。孩子像贵族一样长大起来，公主给他取名"摩西"。

可摩西的血管里流淌的，依旧是希伯来人的血。有一回他看

摩西获救

见埃及人欺负他的同胞,一怒之下将这埃及人打死,从此亡命江湖,一晃就是四十年。

在这四十年里,摩西一刻也没忘记拯救同胞的神圣使命。据说有一回他正在牧羊,突然听到上帝耶和华的呼唤,说是"以色列人正在埃及受难,我要你带领他们离开这块是非之地,回到流着奶汁和蜜糖的迦南老家去"。

这话多半是摩西编造的,不过他的同胞们都相信了。埃及法老却不肯放以色列人走:这些人都是他的廉价劳力啊。摩西见软求不行,便拿起手杖跟法老斗法。——这手杖可是耶和华赐了的。

他先把手杖变成蛇,吃掉埃及祭司放出的毒虫;又用它击打尼罗河水,河里的鱼顿时死光,河水也变得腥臭难闻。他还招来灾异,让埃及人的牲口死掉、庄稼毁坏,天地间也变得漆黑一片!法老斗不过摩西,只好放以色列人离开。

当然啦，长征路途是艰苦的。前有大海，后有追兵；沙漠中缺粮断水，再加上人心不齐，前途渺茫……几乎全靠了摩西那百折不回的坚定信念，人们才没有退却。

队伍路过西奈时，摩西独自一人登上山顶，跟上帝对话。回来后他向人群宣布上帝的戒条，说是不可信奉耶和华以外的神明，不可妄称上帝之名，不可杀人，不可奸淫，不可偷盗，不可做伪证……这就是有名的"摩西十诫"。

摩西率领以色列人经历了四十年漫长岁月，终于回到富庶的迦南老家。可惜摩西本人没能等到进入迦南这一天，独自一人死在山中，连坟墓也没留下。

许多学者认为，"摩西五经"虽然神话连篇，摩西却是个真实的历史人物。他对犹太教的革新以及以色列的振兴，做出了巨大贡献。就是传说中那些神异的情节，也多半能用科学道理来解释呢。

摩西大致生活在公元前13世纪，那时的中国正值商代，商王盘庚动员他的族人将都城迁往殷地，同样进行了一次成功的迁徙。

三、美洲、非洲的早期文学
（前15—9世纪，美洲、非洲）

印第安文明盛极一时

在遥远的美洲，文明起源也不晚。——美洲又分北美洲和拉丁美洲。北美洲就是美国、加拿大所在的北部美洲；而美国以南的中美洲和南美洲，历史上长期受西班牙、葡萄牙统治，讲的是西班牙、葡萄牙等拉丁语系的语言，因此被称为"拉丁美洲"。

在15世纪哥伦布"发现新大陆"之前，美洲早就有着印第安文明存在。最早的印第安文化叫玛雅文化，大约起源于公元前15世纪。考古学家在秘鲁一个小山村里，挖掘出一座巍峨的古庙来。庙前两根石头圆柱上，雕刻着威武的雄鹰；在一块大石头上，还刻着星图。这可是三千年前的建筑了！

另有一座一千多年前建造的金字塔，相当于二十多层楼房那么高，是用几万块千斤重的大石头砌起来的。——人们几乎怀疑它是外星人的杰作！

玛雅文明已经有象形文字，它的农业、数学、天文、历法，也都很发达。正因如此，有人把玛雅文化称作"美洲的希腊"。

印第安金字塔

不过如此繁荣的玛雅文明，到了9世纪时却突然断了线。16世纪西班牙人来到美洲，又毁坏了不少印第安文物。就拿书籍来说吧，玛雅象形文字的书籍眼下只剩下三本——那是有关历法、数学和仪典的著作。

不过在西班牙人中，有些传教士为保存印第安文化，也做了一些好事。他们搜集并整理了一批古印第安人的文学作品。例如有一部《波波尔·乌》，便是美洲大陆上最古老的书，被人看作印第安人的"圣经"。书中记录了印第安人创世及人类起源的神话，还有英雄传奇和部落历史等内容。

印第安传说中的造人神话，跟其他民族都不相同。他们认为造物者最早用泥巴造人，可是造出来的人形浑身瘫软，遇水就化掉了。于是神又造出木偶人来。木偶人身体里没有血液，很快就干裂了。一场大雨过后，万物都毁灭了。少数木偶逃进山里，变成了猿猴。最终众神决定用玉米面造人，这下总算是成功了。——美洲是玉米的故乡，看来上帝造人，也是"因地制宜"啊。

非洲早期神话传说

除了埃及，非洲这片古老的土地上，还生活着许许多多古老的部族，他们全都有自己的文化传统。不少民间传说、诗歌谣曲，就在部族内部代代相传。只是由于没有文字，这些作品没能记录下来，有的也就自然消失了。

非洲的传统文学丰富多彩，形式上既有诗歌、民间传说，也有戏剧、舞蹈等。各部族中有专门的学者和艺人保存并传唱着古老的诗歌;有些王国还设有歌吏,那职责大约跟咱们中国古代的采风官相仿。

非洲木雕

说起非洲的早期神话,跟咱们中国神话还有类似之处呢。中国神话里不是有雷公电母吗?非洲神话里也有闪电之神和响雷之神。又如雨后天空中出现的彩虹,在非洲神话中那是蛇神的形象,象征着丰收在望。在中国,咱们的老祖宗也认为虹是一条蛇,名叫"螮(dì)蝀"(dōng),也与收获有关。

非洲神话中还说,月亮上的黑影是猴子拍上去的黑手印,这可跟中国嫦娥奔月的美丽传说不同。——在班图族的神话里,还有个关于海浪的美丽传说。说是一个姑娘嫁了人,因为要下地干活,生下孩子没人照看,于是便拜托海浪朋友当保姆。清晨,海浪把孩子轻轻驮到凉快的地方,哄他玩耍;晚上再轻柔地把他送回来。这想象有多美!

非洲传统诗歌也是一座开掘不尽的宝库。其中有雄壮豪迈的史诗,也有轻快活泼的伴舞歌曲和荡气回肠的抒情诗歌。有些诗歌至今还在民间传唱不衰。

四、希腊神话故事（前8世纪，希腊）

希腊文明，崇文尚武

当东方的年轻人唱着"窈窕淑女，君子好逑"的情歌时，远在南欧巴尔干半岛的希腊，盲诗人正在大树下弹着乐器，吟唱着他们的神话人物和世俗英雄。

同样是文明古国的希腊，三面临海，四季如春，裹条毯子，整年露天睡觉都没问题。只是那里山多地少，物产不够丰足。老百姓要填饱肚子，也就不那么容易。

不过漫长的海岸线为希腊人提供了航海的便利，艰苦的生活又磨炼了他们的意志，锻炼了他们的思维和体魄。因而希腊文明的兴起，也就是情理之中的事。

其实希腊的克里特岛，早在公元前4000年左右就萌发了爱琴文化，后来则是迈锡尼文化。可能是一场大地震，摧毁了克里特岛上的文明。到了公元前8世纪，希腊境内的城邦文明又放射出灿烂的光芒。

什么叫城邦呢？一个城邦就相当于一个小国家。当时的希腊有大小二百多个城邦，其中最强大的，要数斯巴达和雅典了。斯巴达是个独裁的城邦，一切由贵族说了算。不过城邦上下都很重视国民的体格锻炼，男儿们个个都是身强体壮的英雄汉。

雅典又是另一番风情。那儿的人讨厌独裁，凡事讲究论个理儿。遇有城邦大事，像决定开战啦，选举官吏啦，雅典的公民便都集中到广场上去，公说公有理、婆说婆有理地辩论一番。相持不下时，就当场表决，少数服从多数。——这套最原始的民主原则，后来成了人们标榜、效法的政治样板。

总而言之，希腊人富于创造精神，又有尚武习俗。他们重视今生今世，强调个体的价值。希腊神话中的神，也因此带有更多的人性。

奥林匹斯山上的大神宙斯

照希腊神话的说法，宇宙初开，最先出现的是混沌之神卡奥斯，此外还有胸膛宽阔的大地之母该亚。该亚生出天空之神乌拉诺斯，又母子结合，生下六男六女，取个总名儿叫"提坦"。

不知为什么，乌拉诺斯十分仇视自己的亲生骨肉。他把十二个子女统统丢进黑暗的深渊，叫他们永世不见天日！还是当娘的心疼儿女，鼓动儿女起来反抗爹爹。结果小儿子克洛诺斯挺身而出，打败了蛮横无理的老爹，把囚禁在地下的提坦同胞全都解救出来。不用说，他理所当然成了第二代天神的总头头。

克洛诺斯娶了自己的妹妹瑞亚，也生了十二个子女。大约因为他的血管里流着老爹的血吧，他对亲骨肉也很残暴，把他们一个个吞吃了，因为他听到一个可怕的预言：自己早晚会被儿子推翻！

母亲瑞亚自然不能坐视不管。等生下最小的儿子，她就偷偷把他藏了起来。小儿子长大后，联合起被爹爹吐出来的哥哥姐姐，一齐来反抗爹爹。经过十年"提坦战争"，终于推翻了可恶

希腊奥林匹亚宙斯神殿遗址

的老爹,在奥林匹斯山上建立起庞大的奥林匹斯神统来。

这个小儿子,就是最终当上万神之王的天神——宙斯。希腊人在奥林匹亚为他建起神庙。据说他的神像足有好几层楼高,全身还装饰着金叶和宝石,成为"世界七大奇迹"之一。

希腊每四年举行一次奥林匹亚运动会,就是为了祭祀这位大神。——你当然知道,那就是现代奥林匹克运动的前身。时至今日,每四年一次的奥运圣火火种,也仍要在希腊奥林匹亚用凹透镜采集,由身着长裙的"女神"点燃火炬,徒步传递。

宙斯本身是雷电之神,他的威严是可想而知的。他的兄弟和子女也都是分管天地事务的神明——哥哥波塞冬是海神,另一个哥哥哈迪斯是冥神。儿子呢,阿波罗是太阳神,阿瑞斯是战神,赫菲斯托斯则是匠神兼火神——大概因为打铁离不开火吧。

宙斯还有好几个漂亮女儿,像阿尔忒弥斯,是月亮与狩猎女

宙斯与天后赫拉

神;雅典娜,是智慧与权力女神;阿佛洛狄忒,则是爱与美的女神……众神把天上地下都管理得井井有条。

学者说,神话是人类社会生活的反映。你瞧,提坦神族是旧神体系,反映的是人类早期的亲族关系。当娘的跟儿子结合,哥哥竟娶了妹妹。那时的人类,还保持着血缘婚姻的习俗呢。在家庭里,当娘的最有权威,常常鼓动儿女去反对爹爹,这又是母权社会的特点。

奥林匹斯的新神体系,反映的可是父系氏族的情景了。宙斯作为一家之长,多么威严。家族中一切都按部就班,跟今天的社会、家庭已没啥两样。众神身上的"人性"也更加明显,也有七情六欲,同样会恋爱、嫉妒、争吵、报复,乃至仇杀,还常常跟人搅在一块儿。——希腊传说中的许多人间英雄,就是人神共生的。

大力士赫拉克勒斯

就说那位大力士赫拉克勒斯吧,他的母亲是个普普通通的凡人,他的父亲则是威名赫赫的宙斯。

相传他一出生,就被扔到了荒野里。宙斯的妻子赫拉从旁路过,不知这是丈夫的私生子,还用自己的奶汁去喂他。这一来,他可就变得力大无穷了。后来赫拉弄清这小家伙的来历,恨得要命,派了两条毒蛇去害他。当时他还是个睡在摇篮里的娃娃,竟一手一条,轻而易举把两条蛇掐死了!

大力士长大后,决心为民造福。他先后完成了十二件苦差事,包括扼死凶猛的雄狮,杀掉占据沼泽的九头水蛇,生擒了金角铜蹄的赤牡鹿,还清扫了一座牛圈——那可不是普通的牛圈,里面的牛粪堆得像座大山!由于他替老百姓干了那么多好事,宙斯请他上天,也让他坐了一把神的交椅。

赫拉克勒斯力搏野猪

在希腊英雄传说里，还有德修斯渡海杀死米诺斯怪牛、伊阿宋冒险取金羊毛等故事。这后一个故事，被希腊悲剧诗人编成剧本，后面咱们还要谈到。

希腊神话最早是在民间口头流传的。时间一长，头绪纷杂，神和神的关系也变得混乱不清了。后来有个叫赫西奥德的民间诗人，编了一部《神谱》，试着把神话传说整理清晰，用文字记录下来。他要算希腊神话较早的整理者了。赫西奥德大约生活在公元前8世纪，跟大名鼎鼎的古希腊盲诗人荷马差不多同时。

五、《荷马史诗》唱英雄（前8世纪，希腊）

《伊利亚特》："女人祸水"希腊篇

希腊盲诗人荷马大约生活在公元前9至前8世纪。在中国，那正是周武王之后、孔夫子之前的时代。至于荷马的身份，已没人能搞清楚。有人说他是个俘虏，但更多学者相信他是个盲乐师。

古代的盲乐师大都有着惊人的记忆力，他们可以一边弹琴，一边吟诵极长的诗篇。有两部万行以上的希腊史诗——《伊利亚特》（又译作《伊利昂纪》）和《奥德赛》（又译作《奥德修纪》），据说就是由荷马编定传唱的。——不错，这就是有名的《荷马史诗》了。

《荷马史诗》是在神话和历史传说的基础上编写的。《伊利亚特》记录了一场旷日持久的世纪大战，《奥德赛》则是一部最早的海上历险记。

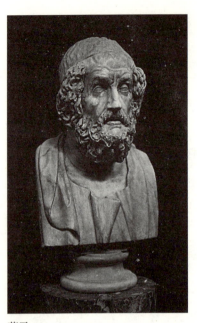

荷马

来看看《伊利亚特》吧。伊利昂是小亚细亚西岸特洛伊人的都城。有一回,伊利昂城年轻的王子帕里斯乘船路过希腊,被斯巴达美丽的王后海伦迷住了。趁斯巴达国王不在,他拐了海伦回伊利昂去。

对全体希腊人来说,这可是奇耻大辱!于是人们公推斯巴达国王的哥哥、迈锡尼国王阿伽门农做统帅,召集了全希腊的英雄好汉,前去伊利昂报仇雪恨。讨伐大军乘坐一千艘战舰,浩浩荡荡渡过爱琴海,把伊利昂围得铁桶一般。——可是希腊大军攻打了九年,还是没能攻破城池。

史诗开始的时候,已经是攻打的第十个年头,希腊军中发生了内讧。原来,最高统帅阿伽门农是个好色又蛮横的家伙,他见部将阿喀琉斯俘获了一位美女,就仗着自己位高权重,把她夺了去。阿喀琉斯一气之下,宣布退出战斗。这样一来,特洛伊人高兴坏了。因为阿喀琉斯是希腊军中最勇猛的大将,他若袖手旁观,希腊人就更没指望啦。果然,希腊军队敌不过特洛伊人的猛烈反攻,被赶到了海边。

阿伽门农只得收敛起骄横,低三下四地请阿喀琉斯出来助战。骄傲的阿喀琉斯拒绝了阿伽门农的请求,可还是把盔甲、盾牌借给一位好友,让他乘着自己的战车去冲锋陷阵。

特洛伊人的统帅、太子赫克托尔也是一员勇将,他在阵前杀死了阿喀琉斯的好友,还抢去了盔甲和盾牌——那可是匠神兼火神赫菲斯托斯替阿喀琉斯量身打造的宝物啊!

好友的惨死和敌人的猖獗,激起了阿喀琉斯的义愤。他终于跟阿伽门农言归于好,共同向特洛伊人发起猛烈攻击,杀死了敌军统帅赫克托尔。

最终,赫克托尔的老爹,也就是伊利昂城的老王,来到希腊军中,赎回儿子的尸体,举行了盛大的葬礼。史诗《伊利亚特》到这儿就结束了。

阿喀琉斯之踵与特洛伊木马

不过仗还没有打完。根据另一些传说描述,十二天后,战局重开。这一回,希腊英雄阿喀琉斯也没能逃脱厄运。然而杀死阿喀琉斯可不是件容易事。小时候,他娘曾提着他的小脚丫,把他放到魔水中浸泡;水浸的地方如同裹了一层坚甲,刀枪难入。只是脚后跟儿让娘的手捏着,没能沾到魔水,这地方便成了他的致命弱点。

阿喀琉斯之踵

伊利昂城那位只会惹事的王子帕里斯得知这个秘密,便拈弓搭箭专射他的脚后跟儿。结果阿喀琉斯被杀死,帕里斯王子也在恶战中送了命。——后来在欧洲文化中出现一个典故"阿喀琉斯之踵",即指致命的弱点。

伊利昂城最终被攻破了。说起来,这还是另一位希腊英雄奥德修斯的功劳。奥德修斯让人造了一架硕大无朋的木马,把它留在战场上。特洛伊人兴高采烈地把这个大家伙当战利品拖进城中,他们哪里会想到,木马肚子里埋伏着希腊勇士呢。到了夜间,伏兵从马肚子里杀出来,跟城外的希腊大军里应外合,打破了坚固的伊利昂城。——"特洛伊木马"也便成了熟在人口的典故。

特洛伊木马

希腊大军抢回海伦,放火烧了伊利昂城,扬帆回国。他们已经离家十年,此刻真是归心似箭。可他们不知道,险恶的海上航程正等着他们。《荷马史诗》中的另一部《奥德赛》,说的就是巧施木马计的奥德修斯经历十年海上漂泊,终于返乡的故事。

《奥德赛》,海上历险

奥德修斯带着八条战舰驶离伊利昂,一阵海风把他们吹到一座海岛上。在那儿，伙伴们吃了忘忧果，竟乐不思蜀，差点儿忘了回家的事。

这以后，他们又来到巨人岛，被独眼巨人关进山洞里。奥德修斯用酒灌醉巨人，又用燃烧的木棒戳瞎了巨人的独眼，这才藏在羊肚子底下逃出了虎口。不料这独眼巨人却是海神波塞冬的儿子，奥德修斯得罪了海神，还能平平安安渡海回家吗？

风神有心帮助他，送他一只口袋。他们一路顺风，眼看家乡在望啦。可有个同伙财迷心窍，以为口袋里装着什么财宝，便偷偷打开来看。哪知口袋里装的是恶风，船一下子又被刮得老远。

这以后，英雄又经历了无数磨难：先是遇到吃人的巨人，接着魔女岛上的女巫又把他的伙伴变成了猪；他还游历了冥土，抵御了女歌妖的诱惑，避开海怪和大漩涡……最终船被大风浪打碎，只有奥德修斯一人逃脱。

一天，奥林匹斯山上的众神趁着海神波塞冬不在，召开会议，一致决定让奥德修斯返回家园。在女神雅典娜的帮助下，奥德修斯终于踏上了故土。

经历十年战争、十年漂泊，此时的奥德修斯看上去简直就是个又老又脏的乞丐。离家二十年，家里也早已不成样子。人们都以为奥德修斯死了呢，一大群王孙贵族整天缠着他的妻子，赖在宫中大吃大喝。幸而他的妻子忠贞不渝，他的儿子也已长大成人。妻子为了摆脱求婚者的纠缠，搬出奥德修斯的弓箭，说是谁能不偏不斜射穿十二把斧子的斧眼儿，她就嫁给谁。

可是那些少爷们使出吃奶的劲儿，也没人能拉开这张弓。这

奥德修斯归来

时候,有个老乞丐要求试一试。就在人们的哄笑声中,他毫不费力地拉开弓,一箭射穿了斧眼儿,大家都惊呆了。等他们明白站在眼前的就是奥德修斯时,却已大祸临头!求婚的人一个也没能逃掉,全让奥德修斯父子收拾了。

分离二十年的夫妻、父子又重新团聚了。这一刻多么激动人心啊!

都是"金苹果"惹的祸

《荷马史诗》既是历史,又是神话。诗中一切凡人的生死祸福,差不多全由神灵暗中操纵着。就说特洛伊之战的起因吧,传说阿喀琉斯的爹娘结婚时,忘了请纠纷女神厄里斯赴宴。于是她在席间丢下个"不和的金苹果",上面写着:"献给最美丽的女人。"

女人谁不乐意人家恭维自己呢?复仇女神、智慧女神和爱情女神都来争这个苹果,她们找到伊利昂王子帕里斯当裁判。爱情女神私下许诺把世上最美的女子送给王子，王子便把金苹果判给了她。那个世上最美的女子，当然就是海伦啦。另两位发了火，指天发誓，要报复特洛伊人。可见伊利昂城的覆灭，早就在冥冥之中注定了。

不过据考古学家考证，史诗中的人和事，还真有历史依据。就说那座伊利昂城吧，在公元前12世纪时，真的遭过战火的焚毁。只不过战争的起因，不是为了抢夺一个美女，更不是因为什么"金苹果"。从位置来看，伊利昂城控制着西方前往东方的通商航道，也许这才是希腊人不惜代价前去攻打的真实原因吧。

在希腊，人们还发现阿伽门农王的巨大陵墓以及坚固城池的遗迹。至于阿喀琉斯和奥德修斯，大概也都是当时有名的部落首领。荷马弹着琴吟唱长诗时，战争已经过去好几百年了，诗中不可能把历史描述得那么准确。再说添枝加叶，拉扯神话，本也是诗人的特长和当时人的思维习惯。

《荷马史诗》不光有史学价值，更有文学价值。你们看，大英雄阿喀琉斯的性格多鲜明。他不光是武艺高强的勇士、心高气傲的将军，还是内心世界十分丰富的有情人。他看到好友阵亡，就痛苦得要命，悔恨自己不该意气用事，又主动去跟阿伽门农和解。后来他见赫克托尔的老爹前来赎取儿子的尸体，又不由得想起自己年迈的爹爹，心中生出怜悯来。

史诗的剪裁也别具匠心。特洛伊之战打了十年，《伊利亚特》却只描述其中五十一天的情景，又把重点放在最后几天。《奥德赛》也如是，重点描述四十一天里发生的事。史诗还采用倒叙等手法，又善用比喻。有人计算过，诗中有二百多处使用了比喻。语言的简洁、气势的宏伟、节奏的铿锵有力,也都为后人所称道。想想这是三千年前的文学作品,你就不能不挑大拇指!

六、波斯神话、印度史诗
（前7—4世纪,波斯、印度）

波斯古教,拜火崇光

中国的西邻伊朗,古称波斯。那里的文明起源,时间跟华夏不相上下。四千年前,生活在伊朗高原上的百姓就有拜火的习俗。公元前7世纪,有个叫琐罗亚斯德（前628—前551）的,改造波斯的原始宗教,创立了新教,就叫琐罗亚斯德教。

琐罗亚斯德教信奉光明之神阿胡拉·马兹达,崇尚"善恶二

与琐罗亚斯德教相关的石雕

元论",认为宇宙分为善恶两大阵营;善神阿胡拉的光明阵营跟恶神安哥拉的黑暗阵营斗个不停,据说要斗九千年哩!而整个世界便在斗争之中被创造出来。

善神阿胡拉又是智慧之神和创造之神,他创造了天空、星辰、日月等,还造出"原牛"和"原人"来。恶神安哥拉也能创造,可他造的却是毒蛇、害虫等丑类。恶神也有法力,善神创造的"原牛""原人"全都死在他手下。

只是"原牛"死而不朽,它的骨髓里生出草木,它的精子生出各种有益的动物。"原人"呢,他的精子藏于地下,长出大黄——那原是一种草药,而大黄中又生出一对相互拥抱的伴侣——玛什耶和玛什耶那,这便是人类的祖先了。这又有点儿像中国神话中的伏羲、女娲,希伯来神话里的亚当、夏娃。

阿胡拉不简单,他七位一体,除了自身,还是天空、大地、水、植物、动物和人类的保护神。琐罗亚斯德的神庙中燃烧着永不熄灭的圣火。信徒们过世后要实行天葬,用遗体喂鹰隼。

在波斯,琐罗亚斯德教一度成为国教,以后又盛行于中亚,并于北魏时传到中国,称"祆(xiān)教"或"火祆教"。此教中有一位星辰雨水之神叫蒂斯塔尔,有金牛、骏马、俊小伙儿三种化身。有学者考证,盛行于我国川滇地区的二郎神崇拜,就有着蒂斯塔尔崇拜的影子呢。

二郎神有着战神、雷神、火神、雨神等诸多神格,全都跟蒂斯塔尔相吻合。夏历六月二十四日是二郎神的"生日",同时又是西南地区的火把节;这也与琐罗亚斯德教"拜火"的习俗相近。在琐罗亚斯德教信仰中,犬的地位很高;这下你该明白,二郎神身边那只连孙悟空都怕它三分的"哮天犬"是从何而来了。

有意思的是,琐罗亚斯德死于公元前551年,那一年,中国的孔子刚好诞生。

印度史诗《摩诃婆罗多》

同在亚洲的印度,这会儿产生了两部史诗:《摩诃婆罗多》和《罗摩衍那》。前面说过,印度古老的《吠陀》诗集距今已有四千年历史。这两部史诗的流传比《吠陀》稍晚。

两部史诗篇幅宏大,尤其是《摩诃婆罗多》,足有十万颂。两行为一"颂",加起来就是二十万行,《荷马史诗》才是它的八分之一!

"摩诃婆罗多"就是"伟大的婆罗多族"的意思。《摩诃婆罗多》说的是婆罗多王族有兄弟两个,一个叫持国,一个叫般度。持国生下来就双目失明,王位也便由般度继承。不过持国多子多福,有一百个儿子;般度呢,只有五个。

《摩诃婆罗多》中的辩才天女

般度死了,王位由双目失明的持国接着坐。持国的大儿子难敌是个野心家,他一心要把般度的五个儿子挤走,好把王位永远霸在自家手里。

有一回节日庆典,难敌把五个堂兄弟请到一座美丽的宫殿里。这宫殿是拿树胶筑成的,沾火就着。到了夜里,难敌派人点着了宫殿。他满以为眼中钉从此"人间蒸发",哪知五兄弟早已得知消息,连夜从地道逃走了。

后来这五兄弟在盘遮罗国被招为驸马,回来跟持国平分天下。难敌不死心,又骗五兄弟掷骰子。五兄弟输掉金银、车马、仆从、军队、城池,最后干脆连老婆也都输掉啦。结果五人被放逐到大森林里,一去就是十三年。

再后来,般度五子带兵跟难敌展开一场恶战。战争打了十八天,持国的一百个儿子全都战死,般度一方也损兵折将,只剩下五个"光杆司令"。最终五兄弟得了天下,并把国家交给儿辈,他们自己则进雪山修行,全都升入天国。在那儿,五兄弟跟持国的一百个儿子"一笑泯恩仇",大家全做了天神。

《摩诃婆罗多》的作者,

《摩诃婆罗多》插图

相传是一位名叫毗耶娑的大仙。不过学者们说，这部大史诗绝不是一个人完成的。事实上，史诗在印度民间流传了上千年，4世纪才最后完成。

史诗最初只是对印度历史上一场战争的记述，在千年传唱中，不断添枝加叶，融入无数神话故事、民间传说以及人们获得的新知识、新思想。在后人眼里，它不单是文学作品，更是一部古印度文化的百科全书！

《罗摩衍那》，神猴称雄

另一部史诗《罗摩衍那》的文学味儿更浓些。全诗分为七篇，两万多颂，产生在公元前4世纪到2世纪之间。

"罗摩衍那"意为"罗摩传"。罗摩是印度古代十车王的太子，娶了别国公主悉多为妻。后来十车王听信王妃的挑唆，废长立幼，把罗摩放逐到大森林里。罗摩的妻子和另一个弟弟不愿意抛弃他，甘愿跟着他去受苦。——其实新太子婆罗多倒也是个好青年，他追不到哥哥，便拿哥哥的一双靴子放在宝座上，自己算是替哥哥摄政。

森林里的生活可艰苦啦，不但野兽成群，还有妖精出没。十首魔王的妹妹看上了英俊的罗摩，向他求婚；罗摩当然不会答应。女妖就怂恿哥哥把悉多抢了去。

罗摩到猴子国求援，猴王派了神猴哈奴曼去打探消息。哈奴曼摇身现出猴形，一跃跳过大海，在魔王的花园里找到悉多，并向她通了消息。后来猴子国的大军帮助罗摩造桥渡海，跟魔王展开一场大战，终于夺回了悉多。

等流放期满，罗摩回国坐了王位，忽然又心生疑惑，说妻子悉多久困魔国，贞操难保。悉多有口难辩，悲痛万分，纵身跳进了地缝里，只把一缕长发留在罗摩手中……

哈奴曼铜像

罗摩是诗中的主角，他文武双全，道德高尚。在后来的印度教中，他被奉为神明。悉多的形象更动人，她的遭遇大概正反映了古代印度妇女的命运吧。

神猴哈奴曼呢，他可是最让中国读者感兴趣的形象了：你看他变化无穷，法力通天；罗摩最终能战胜魔王，就是靠他从魔婆手里骗来神镖，才结果了魔王的性命。这简直可以编进《西游记》，作为第八十二难啦。

《罗摩衍那》的作者相传是蚁垤（dié）大仙。悉多被遗弃后，蚁垤曾照料并保护她，还把她跟罗摩的事迹编成长诗让人传唱。这部史诗据说就是这么产生的。

《摩诃婆罗多》和《罗摩衍那》对印度后世文学影响极大。有人说，假使把与这两部史诗有关联的作品去掉，印度文学史便成了一片空白啦。——古印度最著名的戏剧《沙恭达罗》，其实就是从《摩诃婆罗多》中取材写成的。

七、希腊悲喜剧（附《伊索寓言》，前6—前4世纪，希腊）

露天剧场，好戏开演

当孔夫子带着他的学生周游列国时，远在欧洲的希腊，演剧的习尚正风靡一时。在雅典，人们建起露天大剧场，看台是借着山坡开凿的，如同一把打开的大折扇，能同时容纳上万观众。

舞台就建在山脚下，据说是依照声学原理设计的。那么大的剧场，没有扩音设备，可演员一张嘴，各个角落的观众都听得清清楚楚。

古希腊人有演戏的天分和传统，每年春暖花开时，希腊人

希腊露天大剧场

会张罗戏剧节。男女老少不分贵贱，纷纷涌到露天剧场去看戏。太阳就是舞台灯光，山峦大海就是天然的布景。山坡看台上人头攒动，那场面真够壮观的。

露天剧场又是戏剧诗人的考场，他们紧张地观察着观众们的反应。剧本受欢迎，剧作家脸上有光，据说头等奖是一只大肥羊。但剧本不精彩，惹观众朝台上扔石头的事，也时有发生。

那时的希腊戏剧，已经有了悲剧和喜剧之分。据说悲剧的前身是酒神颂歌——戏剧节就设在葡萄酒酿成的季节。至于喜剧，那是由民间的祭神歌舞和滑稽戏发展而来的。希腊最著名的悲剧诗人有三位：埃斯库罗斯（前525—前458）、索福克勒斯（前496—前406）和欧里庇得斯（约前485—前406）。喜剧诗人中最出色的，要数阿里斯托芬（约前446—前385）了。

埃翁悲剧，普罗被缚

悲剧大诗人埃斯库罗斯出身雅典贵族，他虽是文人，却曾上战场跟波斯人打过仗。在他的诗剧里，我们至今还能感受到一种英雄气概。《被缚的普罗米修斯》是他最著名的剧本。这原是三部曲中的头一部，后两部《被释放的普罗米修斯》和《带火的普罗米修斯》可惜都失传了。

普罗米修斯是正义女神忒弥斯的儿子。有一种传说：人类最早就是由普罗米修斯用泥土捏成的。不但如此，他还教会人们治病、盖房、养牲口、航海，连数学和文字也都是他发明的。

宙斯能当上万神之王，也全亏了普罗米修斯的鼎力相助。可宙斯只顾忙着为众神谋利益，丝毫不关心可怜的人类，反而想方设法摧残他们，普罗米修斯当然不满意他啦。为了帮助人类，普罗米修斯偷偷在太阳那儿点燃了茴香枝，把火带到人间。这下可惹恼了宙斯。他命令威力神、暴力神和火神把普罗米修斯带到偏僻荒凉的高加索，把他钉在高高的悬崖上，遭受风霜侵袭、烈日灼烤！——在另外的传说中，狠毒的宙斯还让恶鹰去啄食他的心肝。那心肝白天被啄，晚上长好，明日再被啄，英雄的痛苦也永无止息。——中国神话中的悲剧英雄鲧，因盗取天帝息壤导致被杀，跟普罗米修斯的遭遇倒是十分相似。

普罗米修斯默默忍受着痛苦，不肯低头。——其实，宙斯对他也惧怕三分。因为他掌握着宙斯的秘密，知道宙斯如果跟哪位女神结婚，生下的儿子就会把老子推翻。可那位女神是谁？普罗米修斯心里有数，打死也不说！

宙斯大发雷霆，把普罗米修斯打入深渊。据说三千年后，大力士赫拉克勒斯射死了恶鹰，才把普罗米修斯解救下来。不过那是另一部戏里的内容了。

在埃斯库罗斯笔下，普罗米修斯是位不畏强暴，为保护人类而甘愿牺牲自己的英雄。至高无上的宙斯，则成了专横残忍的暴君形象。

在另一部悲剧《阿伽门农》里，埃斯库罗斯表达了对这位希腊统帅的不满，认为他攻下特洛伊城，毁坏神殿，杀人太多，必有恶报。在剧中，阿伽门农还杀掉亲生女儿来祭神，以求得远征胜利。后来他的妻子为女儿报仇，杀了阿伽门农。从这些剧情里，我们可以看出埃斯库罗斯是位有思想、有见解的诗人。

他的悲剧不光赚取人的眼泪,更能发人深思。

埃斯库罗斯一生写了七十多个剧本,得过十七次大奖。剧本保存至今的有七部,除了上面说过的,还有《乞援人》《波斯人》等。

埃斯库罗斯还是位戏剧改革家。以前的舞台上,只有一个演员唱独角戏;到他这儿,又在戏剧中加上一个角色,这才有了名副其实的戏剧。他被人们推为"古希腊悲剧之父",可谓当之无愧。

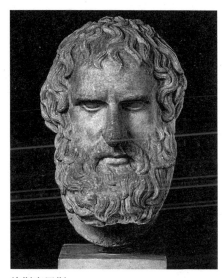

埃斯库罗斯

索翁悲剧《俄狄浦斯王》:打不破的魔咒

希腊另一位悲剧诗人索福克勒斯也是雅典人。他一生写了一百二十多个剧本,得过二十四回奖。保存下来的剧本也是七个,如《埃阿斯》《安提戈涅》《俄狄浦斯王》《厄勒克特拉》等便都是。

他的悲剧,喜欢表现人跟命运相抗争;但结果,人总是争不过命运。就说《俄狄浦斯王》吧,主人公俄狄浦斯本是忒拜王的儿子。他爹知道这孩子命里注定要杀父娶母,所以等他一落

索福克勒斯

生，便把他扔到了荒山里。这婴儿后来被科林斯王收为养子。

俄狄浦斯长大后，得知自己的可怕命运，决心离开科林斯王远走高飞——他以为科林斯王就是自己的亲爹。

他来到忒拜城时，城邦正受着女妖斯芬克斯的威胁——埃及的狮身人面像和巴比伦城的开明兽，便是这头神兽的雕像。女妖出了个谜语：什么东西早上走路用四条腿，中午用两条腿，而晚上用三条腿？——如果忒拜人答不出来，城邦就要遭殃。俄狄浦斯解开了谜底：人。人在婴儿时满地爬，壮年时直立走，晚年又要拄拐杖。——俄狄浦斯拯救了忒拜，百姓们便拥戴他做了国王，他还娶了新寡的王后。

十六七年过去了，城邦发生了大瘟疫。神明指示说，必须查出杀害先王的凶手，瘟疫才能平息。可追查的结果让俄狄浦斯大惊失色，原来先王就是十几年前自己在路上失手杀死的一位老人，那才是自己的亲爹；而眼前的王后呢，竟是自己的亲娘！

他到底没能逃脱弑父娶母的厄运！——王后得知此事，含恨自尽。俄狄浦斯从王后身上拔下金别针，刺瞎了自己的双眼，

《俄狄浦斯王》插图

跟跟跄跄离开城邦,独自一人朝深山走去……在跟命运的抗争中,俄狄浦斯是失败了;可是他敢于向命运挑战,表现出崇高的道德勇气,虽败犹荣!

索福克勒斯又富于音乐天才。雅典城邦打败了波斯人,他率领歌队高唱凯旋曲,把满城人鼓动得如痴如狂。后来他又被推选加入雅典的十人委员会,还当上了带兵打仗的将军。

据说他去世时,雅典正跟斯巴达打仗。敌方的统帅久仰他的大名,特命暂时休战,好让诗人的遗体能归葬故里。——作为一个诗人,索福克勒斯享尽了人世间的最高荣誉!

欧翁悲剧《美狄亚》:神女也疯狂

索福克勒斯笔下的人物大都带有理想的气质,而第三位希腊悲剧诗人欧里庇得斯,却是按"人本来是什么样子"来写人生的。

欧里庇得斯一生写过九十二个剧本，却只得过五次奖。不过他的作品保存下来的最多，有十七八部，像《特洛伊妇女》《希波吕托斯》等，都很有名。其中可称为代表作的，则要首推悲剧《美狄亚》了，那是根据"伊阿宋取金羊毛"的神话传说创作的。

美狄亚是科尔喀斯王的女儿，传说她身上有着太阳神的血统，并且精通魔法。她狂热地爱上了希腊英雄伊阿宋，他是来黑海岸边取金羊毛的。美狄亚用魔法制伏了看守金羊毛的毒龙，在跟伊阿宋一起逃离时，甚至不惜杀死自己的亲弟弟！

回希腊后，她又帮伊阿宋杀死了同母异父的兄弟；两人也因此受国人鄙弃，无处安身，只好去了科林斯国。

十年期间，美狄亚替伊阿宋生了两个儿子，日子还算太平。可伊阿宋是个喜新厌旧的家伙，他见科林斯国王克瑞翁的公主又年轻又漂亮，便向她求婚，反将美狄亚母子赶出门。

美狄亚先是大哭大闹，指责伊阿宋忘恩负义；可不久就平静下来，不但向伊阿宋认错，还让孩子捧了精美的长袍和金冠去献给新娘子。

公主喜出望外，迫不及待地穿戴起来。哪知金冠长袍一上身，立刻喷出火焰来。国王来救女儿，结果父女双双被烧死在烈火中！

伊阿宋记挂着儿子，急忙来寻美狄亚，可还是晚了一步：只见美狄亚抱着两个儿子的尸体，脸上露出可怕的笑容，乘着车子腾空而去。——伊阿宋哭倒在地上。

爱也疯狂，恨也疯狂。美狄亚是个烈性女子，她用杀害骨肉

以美狄亚故事为题材的油画

的方式向薄情的丈夫报仇,实在偏激。可是除此之外,一个遭人遗弃、孤立无援的女性,还有什么更有力的复仇手段呢?诗人在剧中生动描摹了美狄亚杀死儿子时矛盾而又疯狂的内心活动。这个性格刚烈的女人,也便成了挑战男权、千古不朽的女性典型。

欧里庇得斯在世时,人们并没看好他的剧本。他的作品价值,在他死后才渐渐显露出来。诗人死在马其顿,雅典人为他竖起一块纪念碑,上面刻着:"欧里庇得斯的纪念碑就是整个希腊世界!"

阿里斯托芬:不仅带来笑声

讲罢三位悲剧诗人,再来看看阿里斯托芬,他可是一位喜剧诗人。

阿里斯托芬同样出生在雅典。他一生交游很广,当时的大学

阿里斯托芬与索福克勒斯的雕像

者苏格拉底、柏拉图,全是他的朋友。他一生写了四十四部喜剧,流传下来的有十一部,像《阿哈奈人》《骑士》《和平》《蛙》等,都大受欢迎,得过头奖。

别以为喜剧就是开开玩笑、搞搞噱头,阿里斯托芬的喜剧大都有着严肃的主题。诗人生活在公元前5到前4世纪之间,那时雅典正跟斯巴达打仗,农民们被弄得苦不堪言。诗人站在百姓一边,他的喜剧大都表现了反对战争、同情农民的主题。

拿《阿哈奈人》做例子吧,剧中的农夫狄凯奥波利斯讨厌战争,于是私下跟斯巴达人订立了三十年和约。他还冒着被砸死的危险宣传反战思想,对众人说:战争对谁有利呢?那还不是为了几个妓女和一点儿鸡毛蒜皮的小事儿纠缠不休,让几个主战的军官捞便宜吗?再说一个巴掌拍不响,雅典在战争中就没责任吗?

戏剧结尾处,狄凯奥波利斯一家平平安安欢庆酒神节,主人喝得烂醉,由两个吹笛女郎搀扶着归来。而主战派将军马科斯呢,从战场上负伤而回,叫苦不迭。战争与和平两种结局对比鲜明,作者的用意是再明显不过。

阿里斯托芬的喜剧讽刺辛辣,刺痛了雅典的统治者,于是有人控告他犯了诽谤罪,还差点儿判他死刑!——不过后世的文学家都很崇拜他，德国大诗人歌德就曾改编过他的剧本。以讽刺见长的德国诗人海涅还宣称：我就是阿里斯托芬的继承人！

锁不住的思想：《伊索寓言》

当希腊露天剧场中传来阵阵喝彩声的时候，希腊的另一种文学形式也取得了令人瞩目的成绩，那就是寓言。戏剧的作者大多是贵族，可寓言的作者却不乏平民和奴隶。——那位举世闻名的寓言作家伊索，就是奴隶出身。

伊索大约生活在公元前6世纪后半叶，几乎跟东方的孔夫子同岁（一说生于孔子之前）。他其貌不扬，可脑瓜却绝顶聪明。随主人外出旅行，别人都抢着搬最轻的行李，他却扛起沉重的面包筐。只是别人的行李越背越重，他的面包筐却是越来越轻。这位智者常常随口编一些寓意深刻的小故事，别看只有三言两语，里面寄寓的哲理却足以指导人生。

伊索的寓言不少是借动物影射人的。像咱们熟悉的《狐狸与葡萄》，是说狐狸吃不到高处的葡萄，就宣称那葡萄是酸的。仔

《伊索寓言》插图

细想想，这里面对人性的讽刺，实在微妙而深刻。

另一则关于狐狸的寓言，说狐狸看见树上的乌鸦叼着一块肉，就花言巧语地夸奖乌鸦，说它歌喉婉转，可以做鸟中之王。乌鸦忘形地开口一叫，嘴里的肉落下去，给狐狸叼跑了。寓言最后说："这故事适用于愚蠢的人。"可人人知道这故事，却总不免重复乌鸦的错误。

在另一则寓言里，伊索还借神来讽刺人。神的使者赫耳墨斯参观一家雕刻作坊，他问工匠：宙斯的雕像值多少钱？工匠回答：一个银币。他又问赫拉的雕像，回答是更贵些。最后他看见自己的雕像，心想自己是神使，又能招财纳福，价钱一定更高，便兴冲冲地向匠人打听。匠人答道：你若买那两个，这个就算是饶头儿白送啦！——人总是缺乏自知之明，结果只能像赫耳墨斯这样自讨没趣儿。

此外，《农夫与蛇》《狼与小羊》，也都是富有教益的故事。另有一则寓言，说蛇向宙斯诉苦，叹息自己总遭人践踏。宙斯回答：当头一个人踩你时，你就狠狠咬他，第二个人自然不敢再踩啦。——这则寓言在教人反抗呢，这正是奴隶从皮鞭下总结出来的哲学。

相传伊索凭着他的聪明智慧，多次为主人排难

《伊索寓言》中译本

解纷。主人为报答他，恢复了他的人身自由。那以后，他曾在路狄亚王和巴比伦王的宫廷里待过；但不久因抨击权贵，被贵族们扔下山崖杀害了。

伊索死后二百年，有个希腊人把他的寓言搜集起来，编成册子。后人又不断添加新的寓言——今天的《伊索寓言》已有三百六十多篇。一个人可能不知道荷马和埃斯库罗斯；可是一提起伊索，他们一定会说：不就是《狐狸与葡萄》的作者吗！

八、罗马文学与《新约》
（前2—2世纪，罗马）

罗马文学逊比邻

汉朝是中国历史上最强盛的王朝之一，汉族这个名称，也是由汉朝而来的呢。汉朝的声威还通过丝绸之路远播异域，西亚的波斯、欧洲的罗马，都跟汉朝有着经济、外交上的来往。

波斯跟中国的交往，可上溯到公元前3世纪的秦朝。西汉时，武帝曾派使者前往波斯，当时正是安息王朝掌权。安息王还派使臣随汉使来中国观光，所带的礼物，有鸵鸟蛋和"黎轩善眩人"——"善眩人"即魔术师，而"黎轩"即大秦，也就是罗马帝国。

公元前10世纪，罗马曾是希腊的殖民地。过了约五百年，罗马摆脱了外来控制，成立了奴隶制共和国，逐渐发展成军事强国。它不但统一了意大利全境，还征服了地中海沿岸各国，连希腊也成了它的属地。公元前1世纪，罗马成为地跨欧亚非的大帝国，地中海成了罗马帝国的内海。

罗马帝国靠武力征服了昔日的宗主国希腊；可反过来，希腊又凭着它的文化魅力征服了罗马。就拿神话来说吧，古罗马本来是崇尚拜物教的；自从接触了希腊文化，罗马神话便全盘"希化"啦。

跟希腊神话一样，罗马神话里也出现了众多神明，只不过换换名字而已。像万神之王宙斯，在罗马神话里改名朱庇特；天后赫拉呢，变成了朱诺。爱与美的女神阿佛洛狄忒改名叫维纳斯——咱们常能见到她那美丽而残缺的雕像复制品，她在罗马神话中的地位可高啦，因为罗马人的始祖埃涅阿斯就是她的儿子！

维纳斯的诞生

《埃涅阿斯纪》与"诗坛三杰"

罗马最著名的史诗《埃涅阿斯纪》,记录的就是这位始祖的事迹。说起来并不陌生,埃涅阿斯是伊利昂城老王的女婿。伊利昂城让希腊人焚毁后,埃涅阿斯率特洛伊残部乘船逃往海上。

就在奥德修斯在海上漂流的当口,埃涅阿斯也经历了不平凡的航程。他乘船绕过西西里岛来到台伯河口,又跟意大利土著展开了一场恶战。最终特洛伊人在意大利站稳脚跟,拉开罗马千年古国的序幕。

《埃涅阿斯纪》的作者是罗马"诗坛三杰"之一的维吉尔(前70—前19)。他出生在阿尔卑斯山脚下,从小家境富裕,读过不少书。由于偶然的机缘,他受到罗马君主屋大维的赏识,并奉旨写一部罗马史诗。

根据《埃涅阿斯纪》创作的绘画

史诗足足写了十年，为了写好它，维吉尔还亲自到希腊及小亚细亚一带实地考察，结果染上热病，死在途中。史诗共分十二卷，一万多行。读一读这部史诗便能看出，维吉尔是拿《荷马史诗》当样板的，诗的前六卷写海上漂泊，是模仿《奥德赛》；后六卷呢，是模仿《伊利亚特》。

模仿的作品，毕竟缺少点儿生气。不过这是世界上头一部"文人史诗"，又自有它的独特风格。像结构严整、语言精练、格调细腻、感情深沉等优点，都是民间作品不具备的。

罗马"诗坛三杰"的另两位，是贺拉斯和奥维德。

贺拉斯（前65—前8）是位抒情诗人，既爱写恬静的田园生活，也喜欢歌唱美酒跟爱情。他的诗歌收在《歌集》中。另一位奥维德（前43—18），是"诗坛三杰"中最年轻的一位。他写的《变形记》，收集了二百五十篇希腊、罗马神话以及种种英雄传说和历史故事，被后人称为"神话词典"。

这三位都生活在公元前后的一二百年里头，那正是罗马文学的黄金时代。罗马还出过几位戏剧家，像写过《一罐金子》的普劳图斯（前254—前184），还有《婆母》和《两兄弟》的作者泰伦斯（约前190—前159）。他们的作品多是喜剧。不过总的说来，罗马戏剧创作的成就赶不上希腊。在古罗马，人们也找不到古希腊那样气势宏伟的露天剧场。

罗马倒是有一座石头砌成的环形大赛场，不过那不是演戏的地方，而是斗兽场。从风俗习尚的不同，我们已经隐约明白罗马文学落后于希腊文学的原因啦。

耶稣降生伯利恒

大约是在公元前6年,巴勒斯坦的小城伯利恒中,有个犹太穷木匠的儿子出生了。他的母亲玛利亚本是个童贞女,据说受了上帝圣灵的感动未婚先孕,怀胎十月,将他生在小客店的马槽中,他就是基督教创始人耶稣。

耶稣生下来就有许多与众不同的地方:他能四十天不吃不喝;他头上有光环,哪怕在暗中,人们也能看清他。从三十岁起,他就四处传教,自称是上帝的儿子,还收了不少门徒。

他的十二位大弟子中既有渔夫、农父,也有医生、税吏。他一面传教,一面施神迹,例如把清水变美酒啦,让瞎子睁眼、病人退烧、跛子飞跑、死人复生,等等。有一回,他拿五张饼、两条鱼分给五千人吃,结果怎么样?居然人人吃饱,食物还有富余!

耶稣降生

老百姓爱戴他,称他为"基督",也就是救世主的意思。耶稣所创立的宗教,有别于犹太教,因而被称为基督教。犹太教的祭司和罗马总督对耶稣恨之入骨。耶稣有个弟子叫犹大,为了贪图三十块银币,竟把老师出卖了。

达·芬奇的名画《最后的晚餐》,画的就是耶稣跟门徒们吃最后一顿晚饭的情景。耶稣在餐桌上宣布:"你们中间有人出卖了我。"大家听了,有的惊讶,有的愤怒,一时议论纷纷;只有犹大神色紧张地盯着老师,手还护着钱袋呢。整幅画真是生动极了。

罗马人把耶稣捉去,又是折磨,又是侮辱,最终把他活活钉死在十字架上。不过据说三天以后,耶稣又复活了——他离不开他的人民。耶稣复活的那天,刚好是春分月圆后的第一个星期日,后人便把每年的这一天定为复活节。

每年的12月25日,相传是耶稣的生日,因而叫"圣诞节"。西方人过圣诞节,就像中国人过春节一样隆重。

《新约》与基督教《圣经》

新的宗教,自然有新的教义和"圣经"。不过老的"圣经"并未被抛弃。我们前头说过,犹太教的"约书"大致在公元前2世纪最后编定。罗马时期出现的基督教也把犹太教的"约书"当作经典,称它为《旧约》,同时另编了一部《新约》。

在《新约》中,耶稣的形象亲切感人。他向人们宣传说:"不要同恶人做对吧,有人打你的右脸,就把你的左脸也迎上去好了。"他被抓走时，一个门徒拔刀反抗，也被他制止了。在我们看来，这些言行不易理解，甚至有点儿可笑；可是那里面蕴含的宽容精神，对后世的文明和文学产生了深远影响，这又是不容

《新约》故事插图

忽视的。《新约》主要包括"四福音书"，即《马太福音》《马可福音》《路加福音》《约翰福音》，这些都是基督耶稣的言行录。此外，《新约》中还有《使徒行传》《启示录》等。——最早的《新约》抄本出现于2世纪。而《新约》《旧约》合起来，就成了今天基督教的《圣经》，那已是5世纪的事。

说起这部《圣经》，它在古今图书史里占着两个冠军：一是没有一种书像它那样，被翻译成那么多种文字——足有一千多种；二是没有一种书像它印得那么多，多得没法子统计啦！

《圣经》在中世纪时是用拉丁文写成的。在翻译这部书的过程中，许多民族的语言，像德语、英语，都变得规范而完善了。《圣经》对文学的影响就更大了，几乎找不出哪部欧洲文学名著跟《圣经》毫无关联。英国大戏剧家莎士比亚一生创作了几十个剧本，有人统计，他的每出戏平均引用《圣经》词句达十四次之多！

九、印度戏剧、阿拉伯经书
（4—6世纪，印度、阿拉伯）

《沙恭达罗》，享誉欧亚

四五世纪，印度出了一位诗人迦梨陀娑，意思是"迦梨女神的奴仆"。有人推测他是印度笈多王朝的一位宫廷诗人，生活年代跟中国东晋诗人陶渊明相去不远。

迦梨陀娑的作品有诗歌，也有剧本。诗中有一首《云使》最出色；而剧本中最有名的，就数那部《沙恭达罗》了。

这部七幕诗剧讲的是一个动人的爱情故事：沙恭达罗是孔雀般美丽的姑娘，她在净修林中修行，被出城打猎的豆善陀国王见到了。两人一见钟情，私下成亲。临别时，国王把一枚刻着自己名字的戒指送给姑娘当信物，还说一回宫，马上就来接她。

国王走后，姑娘日思夜盼，神魂颠倒，连一位大仙打这儿路过，都没看到。大仙怪她无礼，诅咒说：你的"那个人"绝不会再想起你，除非他见到送给你的信物！

沙恭达罗到京城来寻国王，国王果真把她忘啦。她想拿戒指来提醒国王，可是奇怪，戒指竟不知丢到哪里去了。姑娘还想拿旧情来打动国王，国王却指桑骂槐，说沙恭达罗是女骗子！——一个姑娘家，到这会儿真是走投无路啦。突然金光一闪，姑娘不见了。原来她是天女所生，此刻是她的亲娘来接她回天国了。

这天,京城里捉到一个渔夫,他正在卖一枚刻有国王名字的戒指。他争辩说戒指是从一条鱼的肚子里剖出来的。国王一见戒指,如梦初醒,顿时想起了沙恭达

舞剧《沙恭达罗》剧照

罗。他长吁短叹,自怨自艾,恨自己为什么这样薄情。他让人画了姑娘的画像,整天对着画像流泪。

后来国王应天神之邀,到天国去剿除恶魔,凯旋途中见到一个相貌奇伟的孩子。一打听,那正是自己与沙恭达罗的儿子。不用说,结尾是一派欢天喜地,豆善陀国王跟沙恭达罗终于破镜重圆。

沙恭达罗是印度文学中最美的少女形象,她纯洁善良,又温柔,又自尊。难怪剧本传到欧洲后,德国大诗人歌德和席勒都赞不绝口,说沙恭达罗是世上一切美的化名,又说她身上表现出来的女性美,是任何一部古希腊作品都无法相比的。东方女性的魅力,彻底征服了这两位西方文豪。

穆罕默德创立宗教

印度的西边是阿拉伯海,隔海便是阿拉伯半岛。阿拉伯人也

有着写诗的传统,早在五六世纪,便有诗集《穆阿莱葛特》流传,那地位犹如中国的《诗经》。

《穆阿莱葛特》又叫《七悬诗》,是由七位诗人(一说十位)的诗歌珍品组成。原来,阿拉伯半岛西海岸的麦加城,每年都要举行赛诗会。获胜的诗歌要用金汁抄写在亚麻布上,高高悬挂起来供人赏读,故称"悬诗"。这些诗描写贝都因人的生活与劳动,赞美爱情,也歌颂英雄。——这还是伊斯兰教诞生之前的事。

6世纪时,有位圣人在麦加诞生,他便是伊斯兰教创始人穆罕默德(570—632)。穆罕默德本是贵族后代,从小死了爹娘,先是给人家放牛,后来又跟着伯伯学做生意。

以后他娶了位富孀,生意也越做越大。到了四十岁那年,穆罕默德突然宣称自己得到真主安拉的启示,作为真主的使者和最后一位先知,来向大众传警告、报喜讯。此后他抛散家财、济危扶困,受到穷人的拥护。就这样,穆罕默德创立了伊斯兰教。

伊斯兰教信奉唯一的神安拉,而当时的麦加却是多神教的天下。信奉多神教的麦加贵族拼命打压伊斯兰教,穆罕默德受到排斥,只好带着信徒去了麦加北面的麦地那。

穆罕默德以麦地那为大本营,一边传播宗教,一边招兵买马,终于在八年后重新回到麦加。——麦加有座圣殿,叫克尔白,又称天房,本来是祭祀多神教偶像的地方。穆罕默德清除了所有偶像,只留下一块黑石头,作为朝拜的圣物。以后这地方便成了伊斯兰教的圣地。

北京牛街清真寺建于辽,已有上千年历史

《古兰经》又是文学宝库

穆罕默德传教时说过的话,被他的弟子记录下来,便成了伊斯兰教的"圣经"——《古兰经》。经书分为一百多章,共三十多万字。其中包括伊斯兰教的教义和伦理,又涉及历史、文学、风俗,还收入不少神话传说、寓言故事等。

真主造人、亚当夏娃被逐出乐园、摩西率领以色列人出埃及等故事,也被引用到《古兰经》中,只是人名有所不同罢了。如摩西被称作穆萨,诺亚被称作努哈……耶稣的故事也在《古兰经》里出现,但书中认为耶稣并没被钉上十字架,是真主把他接上了天。

穆罕默德的事迹和言论,在《古兰经》里占了很大比重。其

精美的伊斯兰装饰艺术

中既有对战争和外交等大事的记录，也有对日常生活小事的描述。

例如某一节写了这样一件事：有个妇女无端被丈夫抛弃，便去向穆罕默德诉委屈。可"清官难断家务事"，穆罕默德只好说：我现在不能表示什么意见。那位妇女仍然苦苦哀求，穆罕默德却突然不说话了——这是真主降下启示的兆头。过了片刻，穆罕默德说："真主已听到你的诉说。从现在起，你丈夫不但要跟你和好，还得接受惩罚：为六十个贫民提供一天的口粮。"结果，还是穆罕默德帮这位丈夫交了罚金。

读着这样的记述，你或许会觉着亲切多于神圣。由于《古兰经》有着这么丰富的内容，后世的阿拉伯文学家，都把它当作取之不尽的文学素材宝库。

阿拉伯文学的珍宝中，还有一部举世闻名的民间故事集《一千零一夜》。由于中国古代把阿拉伯一带称作"天方"，因而这部书还有个美妙的名字，叫《天方夜谭》。——只是这些故事的流传还要晚一些，我们后面还要说到。

一〇、盎族英雄斩孽龙（7—8世纪，英国）

千年中世纪，史诗颂英雄

中国的诗歌在唐代进入全盛期时，遥远的欧洲文坛上，也有诗歌在吟唱流传。——还记得希腊、罗马的史诗、戏剧吧，其诗歌传统偏重于长篇叙事体裁，跟中国的抒情短章不大相同。

历史学家把欧洲5世纪到15世纪这一千多年间称为"中世纪"；在中国，那是由东晋到明代前期一段漫长的历史时期，文学高度发展的唐、宋、元等朝代都涵括在内。然而在欧洲，希腊和罗马两盏文化明灯相继黯淡，遍布欧洲的封建领主们只重马上功夫，热衷于厮杀饮酒，他们才不关心什么文化。

教会似乎也不希望人们变得更聪明。不仅如此，他们还设立

欧洲古城堡

宗教法庭，用酷刑对付那些有独立见解的人。——科学家布鲁诺，不就是因为宣传"日心说"，被宗教法庭活活烧死的吗？就这样，在一千多年里，欧洲的文坛乏善可陈。

不过宗教也有宗教的文学，像祈祷文、赞美诗，还有基督故事、圣徒行传、宗教奇迹剧等，只是都离不开《圣经》，题材狭隘。

而与此同时，在农家茅草屋的火炉旁、贵族城堡的宴会上，各民族的英雄史诗也正伴着琴声，一代代传唱。这些史诗包括英国的、法国的、德国的、西班牙的、俄罗斯的……产生的时间大约在六七世纪到十二三世纪之间。——其中最早的史诗，要数盎格鲁－撒克逊族的《贝奥武甫》。那里面讲述的，还是该民族移居英伦三岛以前的故事。

《贝奥武甫》，降龙好汉

相传在五六世纪时，盎格鲁－撒克逊人居住在欧洲的北部（今丹麦和瑞典南部）。有个耶阿特族的贵族勇士叫贝奥武甫，为人勇敢又仗义。有一回，他听说邻国丹麦王的宫殿里有水怪出没，就带了十几个武士，前去降妖捉怪。

贝奥武甫在宫殿里一直守候到深夜，水怪出现了。经过一场激烈格斗，他砍断怪物的一条胳膊。第二天夜里，他又只身潜入湖中，把水怪母子全都杀死。贝奥武甫也因此威名远扬。

回国后，他继位当了国王，江山一坐就是五十年。——可是到了晚年，老英雄又一次遇到挑战：有一条看守宝物的火龙发了狂,到处骚扰为害。这一回,他又带了十几名武士去除害。

这真是一场恶战!贝奥武甫的宝剑断了,武士们也都四散逃命。他一人坚持着,越战越勇,终于把火龙杀死。可他自己也身负重伤,不治而亡。

耶阿特人怀念他,把他的骨灰跟火龙的宝物一块儿埋在海滨。他的高大陵墓,成了给海船指引航向的灯塔啦。

《贝奥武甫》插图

这部史诗在民间口头流传了二三百年,到8世纪初才在盎格鲁-撒克逊人定居的不列颠被文人记录下来。史诗半是历史,半是传说;这还是《荷马史诗》的老传统。

欧洲其他民族的英雄史诗,我们后面会一一介绍。

一一、东瀛日本也有"诗经"(8世纪,日本)

神话渊薮《古事记》

日本的文化跟中国文化有着密切的渊源关系,就连日本的文字,最初使用的也是汉字,后来才发明片假名,作为辅助文字。

在5世纪汉文化传入日本之前,日本民间已经有不少歌谣、神话和民间故事。8世纪初,日本元明天皇迁都奈良,下令整理记录神话和谣谚,于是诞生了两部书:《古事记》和《日本书纪》。

《古事记》的整理记录者是太安万侣,书中的内容,全是由熟知古神话及天皇家谱的宫中女官稗田阿礼口述的。往后你还会看到,在古代的日本,文学创作仿佛成了女性的专利。

《古事记》从天神写到帝王,目的是向天下宣示:天皇的祖宗是神,因而天皇掌握国柄的权力是上天赐予的。——这跟中国封建皇帝自称"天子"的用意是一样的。

《古事记》里记述了好几位神明:月亮神叫作"月读命",台风神叫作"建速须佐之男"。当然,最有权威的还是太阳神"天

日本奈良风光

照大御神",她是位女性,天皇就是她的后裔。

据《古事记》里说,有一回建速须佐之男——也就是天照大御神的弟弟,喝醉了酒撒酒疯,吓得她躲进岩洞,结果天地间陷入一片黑暗。

八百万众神为了引她出来,又是唱又是跳,弄出很大的响动来。天照大御神好奇地伸出头来瞧,众神一下子把她拉出来,又在她身后挂起稻草绳编的帘子,使她后退不得;于是天地间又恢复了一片光明。

如今日本国旗上画着一轮红日,就象征着对天照大御神的崇拜。而日本民间至今还保留着挂稻草绳避邪的习俗哩。

和歌经典《万叶集》

日本人还喜欢作诗,不过开始时,那些诗明显受到中国诗歌的影响,用的文字也是汉字。渐渐地,一种有着日本民族特色的古体诗形成了。由于日本民族称"大和"民族,这种诗体就被称作"和歌",也叫"倭歌"。

日本至今还保存着最古老的和歌总集——《万叶集》,集子里共收录四千五百多首和歌,多半是些抒情短歌。这部诗集是在8世纪的奈良时代末期编辑完成的,在中国,那正是"诗仙"李白、"诗圣"杜甫生活的时代。

对了,日本也有一位"诗圣"——柿本人麻吕。他擅长写抒情长歌,在当时的诗坛上,可以说是登峰造极啦。他到京城去,写诗与妻子告别说:

……滩上生青藻，海中长青藻。朝风阵阵吹，夕浪随风扫。风浪一来时，海藻东西倒。海藻如吾妹，吾妹形枯槁。……离乡日以远，越山日以高。吾妹依门望，思我多忧劳……

◎ 此诗为《柿本朝臣人麻吕从石见国别妻上来时歌二首》之一。◎ 吾妹：诗人对妻子的昵称。

《万叶集》的汉译本

诗人运用比兴的手法，一唱三叹，抒发的是离别亲人时痛苦无奈的心情。此诗感情真挚，语言朴实，很有点儿唐诗的味道。

《万叶集》除了收录柿本人麻吕及山上忆良、大伴旅人等名家的诗作，也收有上自天皇贵戚、文臣武将，下至农父渔夫、妓女乞丐的作品。有的诗连作者的名字也没留下。

至于诗歌的内容和风格，更是多姿多彩：男女恋爱啊，羁旅哀愁啊，游宴狩猎啊，还有不少是悼念亡人的作品，大都感情真实，富于个性。这部诗集成了日本的国宝，那地位，也有点儿像中国的《诗经》。

一二、阿拉伯文学宝库《一千零一夜》
（附非洲与阿拉伯文化，8—9世纪，阿拉伯）

《天方夜谭》从何说起

前面曾提，阿拉伯的文学珍宝中有一部举世闻名的民间故事集《一千零一夜》，又译作《天方夜谭》。这可是"大部头"，里面收集了二百六十多个精彩的故事，翻译成中文，足有一百五十万字！用一句话介绍这书的结构，就是"故事里套故事"。

怎么回事呢？看看书中第一个故事就明白了。

有个国王性情残暴，他发现王后对自己不忠，就把她杀掉了，连宫中的奴仆也一个不饶。这还不解恨，他又决定每天娶一个姑娘做妻子，第二天早晨就把她杀掉，为的是报复女人！

宰相的女儿山鲁佐德又机灵又胆大，她不忍看着姑娘们一个个去送死，

《一千零一夜》插图

就自告奋勇进宫去陪伴暴君,还拉上妹妹一同做伴。到了晚上,姐姐便给妹妹讲起故事来,其实那是讲给旁边的国王听呢。国王果然听得津津有味。天快亮了,故事还没讲完。国王急于听下文,便下令把死刑推迟一天。

可姑娘的故事一夜夜讲下去,永远是那么生动、精彩。国王听得入迷,刑期也一推再推。一千零一个夜晚过去了,国王终于受了感化,收起了杀人的念头,还正式娶山鲁佐德做了王后。国王还让史官把她讲过的故事记下来,这就是咱们看到的这部《一千零一夜》啦。

书中的故事丰富多彩,让人眼花缭乱。其中有爱情故事、冒险故事,还有神话、寓言以及种种奇谈怪说、逸事趣闻。书中人物也是形形色色,有国王、宰相、贵族、富商,还有渔夫、洗染匠、理发匠、乞丐、妓女……当然也少不了法师和魔鬼。

瓶中魔鬼败给渔夫

就说一则渔夫和魔鬼的故事吧。有个渔夫到海边去打鱼,连撒了三网,竟一条鱼也没捞上来。第四网挺沉重,拉上来一看,却是个用锡封了口的铜瓶儿。渔夫好奇,打开了瓶盖儿,哪知瓶里冒出一股青烟,在半空中凝成一个青面獠牙的大魔鬼!

魔鬼对渔夫说:我要杀死你,你自己选择个死法儿吧!渔夫吓坏了,结结巴巴地说:是我放出了你,你怎么恩将仇报?——原来,这魔鬼被所罗门王关在瓶子里,已在海中浮沉了四百年啦。它憋了一肚子怨气,在瓶里发誓说:谁救了我,我就把他杀掉!

渔夫明白自己遇上了这么个不讲理的恶魔,反而冷静下来。他说:我是死定啦。可我不明白,那么个小瓶子,怎么能装下你这么个大块头呢?让我明白这是真的,我也就死而无怨啦。

魔鬼信以为真,便一摇身子,化作一缕青烟,又缩进铜瓶里。渔夫麻利地抓起瓶盖儿一

《渔夫与魔鬼》插图

盖,大声说:魔鬼,这回该轮到你选择死法儿啦!——最终魔鬼报答了渔夫的救命之恩。堂堂正正的人终于取得了胜利,尽管他是个身份低微的渔夫。

巴格达女郎的豪宅隐秘

《一千零一夜》的叙事手法十分高明,故事中往往一个悬念套着一个悬念,让你读起来就放不下。有个《脚夫和巴格达三个女人的故事》,就是个好例子。故事开始,写一个脚夫在巴格达市场上等雇主。有个妙龄女郎买了大批瓜果梨桃、肉食糕点,雇他来

搬运。女郎住在一座富丽堂皇的大宅子里，里面还住着另两位漂亮姑娘。

脚夫被宅子的豪华气派惊呆了，他见宅子里没有男人，便主动要求留下来当仆人。晚上摆下筵席，脚夫跟女主人碰杯畅饮，又唱又笑。正在飘飘然的当口，有人敲门。门外来了三个僧侣，全都瞎了左眼，他们是来寻宿的。女郎也请他们入席。

大家正吃得高兴，又听有人敲门。这一回来的是哈里发——也就是国王，还带着宰相和掌刑官。他们出来微服私访，一律是商人打扮。女郎照旧盛情款待。

等到酒足饭饱，女郎便叫人收拾杯盘，让客人们分列两旁，却叫脚夫从密室里牵出两条黑狗来，自己挥起鞭子把狗猛抽一顿。抽完了，她又把狗搂在怀里，一个劲儿掉眼泪。

《脚夫和巴格达三个女人的故事》插图

众客人心中纳闷，便向女郎询问其中缘故。不料女郎发起火来，击掌三下，顿时从密室里冲出七个拿刀的奴仆，径直扑向客人。——读到这儿，谁还搁得下书本？可这仅仅是故事的开头。

原来，女郎本是财主的女儿，另外两个姑娘是她的异母姐妹；而那两条黑狗，竟是她的两个亲姐姐变的。爹爹死后，两个姐姐两次嫁人，都被丈夫遗弃；亏了妹妹好心收留，她们才不至于流落街头。可两个坏心肠的姐姐却恩将仇报，把女郎扔进了大海。

女郎被冲到一座海岛上，救了一条大蛇。那大蛇原来是位女神，她把女郎的两个坏姐姐变成了黑狗，要女郎每天打它们三百皮鞭，否则女郎自己也会变成它们的同类。

三位僧侣也各自讲述了自己的遭遇，原来他们也都是王孙贵族呢。——最终哈里发娶了女郎做王后，黑狗也恢复了人形，跟另两位姐妹分别嫁给国王的儿子和三位僧侣，故事到这儿才结束。

阿拉丁神灯的故事

《一千零一夜》中还有不少系列故事，像《补鞋匠马尔鲁夫的故事》，就包含了三十几个小故事。《辛伯达航海旅行的故事》则包含了七个故事，写冒险家辛伯达的七次海外冒险。自然，有些单篇也很精彩，如《阿拉丁与神灯的故事》。有意思的是，故事中的阿拉丁竟是个中国孩子。

阿拉丁本是裁缝的儿子，从小淘气，爹爹也给他气死了。他只好跟娘相依为命。有一天忽然来了个魔法师，自称是他没见过面的伯伯。"伯伯"带他出城游玩，走到一处荒野，魔法师作起法来，地面忽然裂开，露出一个洞口来。魔法师把一个戒指交给阿拉丁，让他戴上后下到洞里，把一盏旧油灯取上来。

阿拉丁下到洞中，在一大堆财宝中找到那盏灯。回到洞口时，魔法师坚持要他先递上油灯，再拉他上去。两人相持不下，

《阿拉丁与神灯的故事》插图

魔法师发起狠来,把阿拉丁关在了洞里。

阿拉丁在黑洞中呼天天不应,叫地地不灵,急得直搓手。他无意中擦着戒指,顿时有个巨神出现在眼前。——阿拉丁这才知道,这戒指原来是个宝贝!

靠着巨神的帮助,阿拉丁回到了娘的身边。有一回,娘要把这盏铜灯卖了换钱,因见油灯又脏又旧,就抓了把沙土来擦。这一擦不要紧,有个更高大的巨神出现了,自称是灯的仆人,问老太太有什么吩咐。

阿拉丁这才明白,这盏灯是个更值钱的宝贝,难怪魔法师急着得到它!后来阿拉丁靠着这盏神灯的帮助,造起一座大宫殿,还娶了美丽的公主做妻子。

那个坏魔法师当然不甘心啦,他趁阿拉丁不在时,从公主手里骗走了神灯,还把公主连同宫殿一块儿搬到了非洲。——幸亏阿拉丁手上还有魔戒在,借助它的神力,阿拉丁终于夺回神灯,杀死了魔法师;后来还继承王位,当上了国王。

光明取代了黑暗,正义战胜了邪恶;神灯故事的主题,跟渔夫与魔鬼的主题近似,都反映了阿拉伯人民的爱憎心和是非观。

阿里巴巴:"芝麻开门"

其实从《阿里巴巴与四十大盗》里,同样能看到这一主题,这可是《一千零一夜》中最有名的故事了。

阿里巴巴是个穷汉,靠打柴养家糊口。一次他在深山砍柴,无意中发现了强盗的藏金洞。等强盗不在时,他就学着强盗的样儿,在洞前喊:芝麻芝麻快开门!——洞门真的打开了。阿里巴巴进洞取了三袋金币,兴高采烈地回家去了。

画家笔下的阿里巴巴

阿里巴巴的哥哥高西木是个贪心不足的家伙,听说了弟弟的奇遇,便也赶了十头骡子,去藏金洞里搬财宝。一进洞,门在身后关上了。他只顾装金币,却忘了开门的咒语!强盗们回来,刚好"瓮中捉鳖",把他抓住并杀掉了,尸首也给剁成了几块!

为着手足之情,阿里巴巴冒险进山,偷偷运回哥哥的尸体,又雇了个裁缝把碎尸首缝在一起埋了。可这么一来,却叫强盗们听到了风声。有个强盗打探到阿里巴巴的住处,在他家门上画了记号,准备来杀他。

这事儿被高西木的女仆发觉了。那是个胆大机灵的姑娘,她马上在邻家的门上也都画了同样的记号。强盗们再来时,分不出真假,难以下手。为了这,先后有两名强盗探子丧了命。

后来强盗头子亲自出马,扮作运货的商人,来到阿里巴巴家借宿。他用骡子驮了三十八只大瓦罐,其中一只罐里装的是菜油,其余的各藏着一个弟兄。

这回又是机灵的女仆发现了强盗的诡计。她把那罐

《阿里巴巴与四十大盗》插图

菜油烧得滚烫,然后每个瓦罐里浇上一瓢,三十七个强盗全都被她打发回"老家"啦!

最终,强盗头儿也难逃一死。阿里巴巴获得了藏金洞的全部财宝。女仆呢,也成了阿里巴巴的侄儿媳妇啦。

书中故事对欧洲文学也产生了影响,就拿《阿拉丁与神灯的故事》来说吧,《格林童话》里的《蓝灯》,安徒生笔下的《打火匣》,就都是它的变形。

杀羊取宝石,国人早知道

《一千零一夜》的手抄本,早在八九世纪就在民间流传了,书中的故事,有的很早就传到中国来。譬如辛伯达第二次航海时,曾被困在一处深谷中。山谷遍地都是钻石,但环境险

恶，横行的蟒蛇比树还粗！辛伯达正在彷徨，忽见空中落下一只血淋淋的大羊来！他立刻想起关于宝石谷的传说：商人们为了获取钻石，把羊剥了皮扔下谷中。兀鹰到谷中抓羊，飞出山谷后，商人赶走兀鹰，捡取沾在羊身上的钻石。

于是辛伯达捡了许多钻石，并把自己绑在羊身子底下。当兀鹰抓羊时，把辛伯达也带出了险境。

有意思的是，中国唐代文人张说（667—730）撰有小说《梁四公记》，说梁武帝时有四位外国异人来到梁朝，号称"四公"。"四公"中有位杰公，见多识广，博闻强记。据他讲，极远的西海中有个大岛，岛西北有一千尺的深坑，坑中全是宝物。人们以"大兽肉"投到坑中，"肉烂沾宝"，被鸟衔出，从而得宝无数。

又有学者考证，此故事最早源于罗马，4世纪时有位罗马主教就讲过，说大沙漠中有幽谷，四周高山环绕。周边国王派人来取宝，杀羊剥皮，从岩上投下。羊肉沾上宝石，被飞鹰自谷中衔出，求宝者从而拾取，获利无算！——这个故事后来分别被中国及阿拉伯文学所接受。这个例子说明：世界

《一千零一夜》的汉译本足足有八卷

各民族之间的文化交流,从来就没停止过。

《一千零一夜》的内容极为丰富,应是海纳百川的结果。故事来源既有波斯的、伊拉克(阿巴斯王朝)的,也有埃及、印度等地区的。也就是说,亚非欧的民间文学,都为这部阿拉伯故事集做出过贡献!

对了,大约7世纪时,不少阿拉伯人迁徙到非洲,在非洲的北部和东部定居,那些地方也因此染上阿拉伯文化的色彩,我们后面还要说到。

一三、波斯诗歌"鲁拜"体
(9—14世纪,波斯)

波斯重诗人,《鲁拜》多妙语

7世纪,随着阿拉伯的崛起,我们的西邻波斯很快成为阿拉伯帝国的一部分,波斯人也改奉伊斯兰教,直至今日。

后来波斯渐渐摆脱了阿拉伯人的统治,建立了好几个小王朝。9世纪时,萨曼王朝的宫廷里出了一位大诗人,叫鲁达基(850—941)。读读他这首《离愁》,这应是一首感情炽烈的情歌:

呵,葱郁的青松,离愁似狂风肆虐咆哮,
似乎要将我生命之树连根拔掉。
如若你不生就波纹滚滚的秀发,

我岂会心醉神迷把性命轻抛?
凭我这贱躯残命怎配动问,
一吻你红玉般朱唇价值多少?
离愁,恰似投向我心扉的一团烈火,
熊熊烈焰要把我的心儿烧焦!

鲁达基不但诗写得多——相传有一百三十万行,还创造了"四行诗"的形式。这种诗体短小精悍,有点儿像中国的绝句,很受波斯诗人喜爱。鲁达基也被称为"波斯诗人之父"。

不过四行诗写得最好的,还得说是波斯诗人莪默·伽亚谟(又译为欧玛尔·海亚姆,1048—1131)。以前人们只知道他是数学家和天文学家,直到近代,他的诗被翻译成英文,人们才发现他还是个出色的诗人。他的诗清新晓畅,又朴实又洗练。听听赞美光明的这一首:

《鲁拜集》插图一

醒呀!
太阳驱散了群星,

暗夜从空中逃遁。
灿烂的金箭,
射中了苏丹的高瓴。(《鲁拜集》第一首)

◎高瓴:瓴本是盛水的瓶子,这里代指宫殿的屋瓦。

短短的四句诗,把一幅金灿灿的"朝暾图"展示在读者眼前,也把诗人对光明的渴望表达得淋漓尽致。再听听这一首:

蒋牟西宴饮之宫殿,
如今已成野狮蜥蜴之场。
好猎王巴朗年之墓头,
野驴已践不破他的深梦。(《鲁拜集》第十八首)

◎蒋牟西、巴朗年,都是波斯古代帝王。

《鲁拜集》插图二

这一首诗讽刺统治者荣华易消,让人想起中国先哲老子和庄子的人生见解。在另一些诗篇里,诗人还把人生比作一局棋,又说圣人的宣传也不过是痴人说梦。诗中含着耐人寻味的哲理,成了伽亚谟诗歌创作的最大特点。

伽亚谟一生写了三百

多首四行诗，全都收在《鲁拜集》里。"鲁拜"就是四行诗的意思。这部诗集如今已被译成几十种文字，风行全世界。——我国福州市郊外有一处波斯古墓，墓碑上便刻着一首莪默·伽亚谟的四行诗：

> 从地底深处到土星之巅，
> 我已解决了宇宙的一切疑难。
> 如今，没有什么问题使我困惑，
> 但是，面对死亡之结我依旧茫然。

这首诗刻于1306年，在中国，那时正是元朝大德十年。

萨迪《蔷薇园》，华夏早知闻

这以后的波斯诗人，还有13世纪的萨迪和14世纪的哈菲兹。

萨迪（1208—1291）出生于设拉子城一个传教士家庭，父亲早死，令他备尝生活的艰辛。年纪轻轻，他前往巴格达求学，以后又浪迹天涯，足迹遍及今天的叙利亚、埃及、摩洛哥、埃塞俄比亚、印度、阿富汗，还曾到过我国新疆的喀什。返回故乡时，他已是两鬓染霜！

以后萨迪在设拉子潜心创作，写出著名的《果园》和《蔷薇园》。这两部书内容相似，所记录的都是诗人在流浪生涯中的思考。其中《果园》是叙事诗集，由一百六十个短章组成，里面既有历史人物故事,也记录了诗人在漫游生活中的亲见亲闻。在夹叙夹议中,诗集袒露出诗人一颗善良、纯洁、赤诚、火热的心,以及对光明及真理的礼赞!

读读《果园》第一章第二个故事中的几行诗:

> 萨迪呵,你应直言不讳,无所畏惧,
> 手执利剑,应向前夺取胜利。
> 不要收人贿赂也无须取悦于人,
> 要做到心口如一,直言不隐。
> 人有贪心就无法道出真理,
> 摆脱私欲就能心口如一!

这应是诗人自警自励的诗句,又如同一面镜子,照出诗人清刚正直的内心世界!

《蔷薇园》则是用无韵散文、韵文及短诗相间写成,共八卷,

《蔷薇园》古抄本,珍藏于北京牛街清真古寺

同样带有道德训诫的性质。——北京牛街清真古寺至今珍藏着一部《蔷薇园》手抄本，相传是 13 世纪一位阿拉伯学者从波斯带来的，那时萨迪尚在人世。

另一位波斯诗人哈菲兹（1320—1389）则以抒情诗见长。读读这一首：

> 高洁的圣徒，你不要把酒徒妄加指责，
> 别人的过错不会算作你的过错。
> 你走开，我是善是恶与你何干？
> 谁播种什么就收获什么。
> 不论是醉是醒，人人都把挚友祈望，
> 不论是清真寺还是修道院，都是爱的殿堂。
> …………
> 哈菲兹呵，待到末日若高举一杯醇酒，
> 人们会把你从酒肆直送入天堂。
> 如若你品质如此，这品质多么美好，
> 如若你秉性如此，这秉性多么善良！

从哈菲兹的诗中，你能体会到他那豪迈不羁的个性、如火的热情以及广博的爱。连德国大诗人歌德，也对他的诗赞不绝口呢。

今天，在伊朗的南方名城设拉子，耸立着萨迪与哈菲兹的高大陵墓。伊朗人民至今还对两位诗人心怀敬仰。

一四、日本物语说"源氏"（10世纪，日本）

《源氏物语》：日本皇族那点事儿

10世纪末，跟鲁达基、伽亚谟同时，在东方的日本，出现一部大部头的著作，叫《源氏物语》。——"物语"有故事、传说之意，是古代日本特有的一种文学体裁，源于民间的口头说唱。这部《源氏物语》总共有一百万字，分为五十四回，堪称世界上最早的长篇小说了！

书中写了两代贵族的人生经历：前四十四回写源氏的故事，后十回写他的儿子薰君的故事。

《源氏物语》插图一

源氏是桐壶天皇的小皇子，生得眉清目秀、聪明伶俐，天皇别提多喜欢他了。这却引起弘徽殿女御的忌恨：因为她是大皇子的娘，生怕天皇将来把宝座传给小皇子。

弘徽殿女御的爹爹是位高权重的右大臣；小皇子的亲娘则出身平凡，在宫廷争斗中缺少靠山。为心爱的小儿子着想，桐壶天皇干脆把他降为臣籍，赐姓源氏，免得树大招风。

源氏不但容貌俊秀，才智也超越常人。读书作画，赋诗弹琴，唱歌跳舞，无不精通。他还是个多情的人，跟许多女人有着感情瓜葛，甚至跟继母藤壶皇后也牵牵连连的，还生下个私生子呢。当然，在名义上，那是他的弟弟。

跟他来往的女人，有空蝉、夕颜、末摘花、紫上、六条妃子、胧月夜、明石姬……这些女子后来大都成了他的妻妾。当然也有例外，像空蝉，她本是一位老官吏的后妻，被源氏用不光彩的手段玷污了；可她却不肯委身源氏，巧妙地避开纠缠，始终没再跟他见面。

在"情场"上春风得意的源氏，在官场上却一路坎坷。他曾被右大臣一派贬谪到一个叫须磨的荒凉去处，一待就是两年多。

冷泉天皇一继位，源氏时来运转啦。冷泉是从哥哥朱雀天皇那里继承王位的，其实他本人就是源氏和藤壶皇后的私生子。当他得知自己的身世后，对源氏格外尊崇倚重。——源氏一下子成了实际上的太上皇啦。

他在六条那地方修建了一座气派的大府邸，把他所有的妻妾都迁来居住。每逢节庆，六条院中歌舞升平，源氏的安富尊荣，到了极点。

可是源氏的内心并不愉快。他在四十岁上，曾迎娶朱雀天皇的三公主，那是个十三四岁的小姑娘。这么年轻的女孩儿家，怎么会甘心跟一个年龄可以当爹的人过日子呢？何况源氏本来就是她的叔叔。悄悄地，她跟贵族子弟柏木好上了，还怀了身孕，生下个儿子，取名儿叫薰君。

这简直是"现世报"啊！二十几年前，源氏不是跟继母养下了私生子吗？如今，源氏自己的妻子又重演了这一幕，这就是命运的捉弄吧。

后来三公主出家为尼，源氏所爱的紫上也生病去世。源氏历尽了人世沧桑，万念俱灰，终于在五十二岁时遁入空门，不久死去。

三公主的私生子薰君是书中后十回的主人公。他年轻英俊，出身高贵，跟源氏当年一样。可是在自信这方面，他却远不如源氏。他先后追求贵族女子大君、浮舟姐妹，却又总是疑虑重重、欲进又止的。终于，大君病死，浮舟也出家为尼。到头来薰君怀抱空空，整部书就在怅惘低回的气氛里收了尾。

紫式部："长篇小说"第一人

《源氏物语》可以说是一幅古代日本贵族社会的大画卷。书中讲述了七十年间、四代天皇朝中发生的故事，前后出场的人物有四百多，重要的人物就有几十位，一个个性格鲜明、面目生动。贵族生活的豪华气派，男女爱情的缠绵悱恻，宫廷中的钩心斗角，都由作者的一支笔细细写来，生动而有情致。

对了，还没来得及介绍，这样一部大作，作者竟是一位女性，名叫紫式部（约978—约1015）——其实这不是她的真名，她本姓藤原，出身书香门第，自幼丧母，跟着父亲过活。父亲教她读汉诗，她最喜欢唐代白居易的诗歌。后来家道中落，她出嫁后又逢夫君亡故。有位权势赫赫的藤原道长看中她的才华，召请她入宫去当女官。

在宫中,她一面陪皇后读书,一面赋诗习文,还写下大量日记,这为她后来创作《源氏物语》积累了素材。书中的写实风格,也是这么奠定的吧。

至于藤原小姐为什么又叫紫式部呢?据说她自己很喜欢书中的女主角紫上,便拿"紫"做了自己的笔名。而"式部"则是

《源氏物语》插图二

她父亲的官名。后来你叫我叫的,她的真名反倒没人知晓了。

不过这倒无关紧要,重要的是这位女作家为后世的日本文学树立了典范。书中生动的人物塑造,细腻的心理刻画,优美典雅的语言风格,成了后人效法、模仿的样板。蕴含在小说中的一股"幽情",也成了典型的日本民族文学情调。直到现代,日本作家的作品里,还脱不开那么一种情调。

有一点特别值得咱们中国人骄傲:一部《源氏物语》,处处显露着中国文化的影响痕迹。像中国儒家、道家的学说,中国宫廷的典章制度,以及种种中国文物、用具,在书中随处可见。至于中国的诗文、典故,更是被作者大量引用,光是白居易的诗句,就被引用了上百次之多呢。

日本民族很善于汲取其他民族的优秀文化,不过在文学方

面，日本也有值得自豪的地方。《源氏物语》问世的年代，正当中国北宋初年，那会儿中国还没有长篇小说问世；像样的中国小说，直到几百年后的明清时期才大量涌现。——这么论起来，罗贯中啊，施耐庵啊，曹雪芹啊，还得向这位异国女前辈致敬才是。

一五、史诗传唱英雄曲
（11—12 世纪，法国、西班牙）

英雄罗兰，虽死犹生

前面我们介绍过盎格鲁-撒克逊人的英雄史诗《贝奥武甫》，三四百年后，欧洲文坛上又诞生了法兰西的英雄史诗《罗兰之歌》。

传说 8 世纪时，法国查理大帝远征西班牙。法军转战七年，称得上战无不胜。——可唯独有个摩尔人（也就是阿拉伯人）的小国没被征服，那里的国王叫马西里。他见大兵压境，就派使者递了降表，心里却另有打算。不过他的计谋，让查理手下的大将罗兰一眼看穿了。

罗兰的后爹甘尼仑，也是查理朝中的大臣。他力主接受降表，一群大臣也都随声附和。查理大帝一时失了主见，听从了这一派的主张。

可是派谁去受降呢？罗兰提出，让甘尼仑去。这本来是顺理成章的事儿，可甘尼仑一听，却恨死了罗兰！因为他本是个贪生怕死的家伙，深知此去凶多吉少。

结果，甘尼仑一到，就被人家重金收买，背叛了祖国！他跟马西里设下圈套，打算乘法军班师回国时，用重兵袭击法军后卫，将罗兰置于死地。

甘尼仑出使回来，花言巧语地骗过查理大帝，又建议班师时让罗兰押后。查理大帝见他把事儿办得挺漂亮，心里高兴，哪有不答应的呢。可临行时，查理还是有点儿不放心，要拨一半兵马给罗兰。罗兰是个心高气傲的人，只要了两万骑兵。

就在前军出发的当口，后面发现了敌情。罗兰怕人笑话，不肯吹号角召唤前军。他率领两万骑兵，向四十万敌军冲杀过去。敌人仿佛是割下的麦子，一片片地倒下去。在一阵天昏地暗的厮杀之后，罗兰身边只剩下六十个战士！直到此刻，罗兰才被迫吹起求援的号角。待查理大帝挥师来救，却为时已晚。

罗兰身负重伤，仍然勇猛拼杀。他砍掉了马西里的一只手臂，杀得敌人望风而逃。——风云失色、玉山崩颓，罗兰面朝着敌人逃走的方向倒下了，头还枕在武器上！

自然，叛徒甘尼

《罗兰之歌》插图

仑也不会有什么好下场。尽管满朝文武有几十位亲戚替他开脱,他还是被处以极刑——四马分尸!

罗兰刚正、勇猛、自信,又有那么一股傲劲儿,他成了法兰西人民景仰的民族英雄!

《罗兰之歌》共二百九十一节,四千零二行。罗兰的英雄事迹在民间传唱了一百多年,直到11世纪才有了最初的抄本,正式成书则在11世纪末。

熙德御敌,伊戈尔远征

欧洲其他民族有没有类似的英雄史诗呢?有,西班牙的《熙德之歌》、俄罗斯的《伊戈尔远征记》便是。

《熙德之歌》的主人公叫罗德里克,他一生跟摩尔人作战,战无不胜,以致敌人称他为"熙德"——在阿拉伯语里,那意思是"我的主人"或"我的君王"。

史诗写熙德受西班牙国王阿方索的委派,向摩尔国征收贡品。可朝中有人嫉妒他,诬陷他侵吞贡品。国王一怒之下,下令将熙德流放,他的家产也被没收。

熙德不得已,只好率手下人跟摩尔人作战,靠夺取战利品维持生存。熙德部下人数虽少,却个个以一当十、骁勇善战。就这样,他的队伍百战百胜、声名鹊起,四方好汉纷纷来投,熙德成了雄霸一方的诸侯。——不过他始终是个忠臣,对西班牙国王以德报怨,不时呈献礼品,有时一次就送去良马两百匹!

朝中奸党对他又羡又妒,卡里翁伯爵的两个儿子眼红熙德的

熙德雕像

财富,撺掇国王保媒,要娶熙德的两个女儿。碍于国王的情面,熙德只得答应。不料两公子获得大量财宝后,竟将熙德的两个女儿剥了衣服痛打一顿,遗弃在橡树林中扬长而去!幸亏熙德的侄子及时发现,将两位堂姐救起。结果,两公子在决斗中败于熙德手下的勇士,不得不返还"彩礼"。最终熙德的两个女儿再嫁两位异邦王子,全诗在盛大的婚礼场面中结束。

《熙德之歌》篇幅不小,共有三千七百多行。其写作时间大约在12世纪中叶。后来有个法国人高乃依写了剧本《熙德》,也是以此为题材,不过那已是17世纪的事了。

至于俄罗斯英雄史诗《伊戈尔远征记》,时间背景是12世纪后期。当时俄罗斯(称"罗斯")由基辅大公统治,正面临着解体的危机。各路诸侯割据一方,互不服气。公国外部,南方的突厥人势力正在不断壮大。

伊戈尔是诺夫哥罗德王公,他见局势危急,毅然率大军远征突厥人。大军出发时,天空突然出现日食,这该是不祥之兆吧?可伊戈尔仍然命令开拔。结果当真不妙,虽然首战告捷,跟着就遭遇大败,连伊戈尔也做了俘虏!

不过伊戈尔的远征并非毫无意义,他的失败引起公国上层对外患的重视。基辅大公含泪向诸侯们呼吁说:斯拉夫的子孙们,请把你们的军旗低垂,把你们残钝的宝剑收入鞘中!因为你们已经丧失了祖先的荣光,因为你们自相残杀,让邪恶的敌人起了觊觎之心,把他们引向斯拉夫的财宝!……

从这个意义上讲,伊戈尔虽败犹荣!史诗写到伊戈尔从敌营逃回为止,学者根据这一情节,认定该诗作于12世纪末。

骑士文学流行一时

除了这类史诗,欧洲中世纪还流行"骑士文学",那差不多是在十二三世纪,英雄史诗的风头已不那么强劲。

这里不能不说说骑士,那本来是中世纪欧洲封建领主手下的一帮武士,后来在战场上立了功,地位渐渐提高,形成一个面貌独特的阶层。到后来,连国王和贵族也以当一名骑士为荣耀了。

典型的骑士,必得骑着高头大马,挎着剑,持矛带盾的,一副盔甲从头裹到脚,身后还得跟着个仆人。骑士的信条是忠君、护教、行侠。他们很注重仪表风度,把荣誉看得比性命还重。

为了心上的贵妇人，他们甘愿赴汤蹈火。

开始，这些人还只是舞枪弄剑的，后来居然也附庸风雅，作起诗来。他们的诗多半是写骑士与贵妇人的爱情。法国普罗旺斯那地方骑士诗歌最盛行，有一首《破晓歌》，就是法国骑士诗人的杰作。

戴头盔的骑士

骑士文学中还有一些传奇故事，无非是夸耀骑士们如何行侠仗义、抑强扶弱，后来渐渐发展成"英雄救美"的俗套。——以后还要说到西班牙的长篇小说《堂吉诃德》，那是小说家塞万提斯为讽刺这类骑士而作的。

一六、北欧神话与史诗
（11—12世纪，北欧、德国）

北欧神话巨人篇

日耳曼民族也有一部英雄史诗，叫《尼伯龙根之歌》，是根据北欧神话改编创作的。

北欧是指欧洲北部斯堪的纳维亚半岛一带,那里濒临北冰洋,冬长夏短,气候苦寒。不过那里很早就有人类活动的踪迹,也同样有着古老的宗教信仰、美丽的神话传说。11世纪末12世纪初,有人将这些神话搜集起来,编成一部神话集《大埃达》。

北欧神话中少不了巨人。有个叫伊密尔的巨人,是从严霜中诞生的,又称"霜巨人"。从他的腋下和足底,又生出一群巨人来,组成了邪恶的巨人家族。

与此同时,善神勃利、勃尔父子也从冰山中诞生。双方善恶相向、冰炭难容,一场生死恶战打得难解难分。

后来善神勃尔娶了女巨人贝丝特拉,生下奥丁、维利和伟三个儿子,分别象征着精神、意志和神圣。由于增添了生力军,善神终于打败了巨人族,巨人头领伊密尔也被杀死。

在此之前,天地间本来空空荡荡,奥丁一伙于是开始了创世活动:他们把伊密尔的遗体滚落到无底鸿沟的中央,拿他的眉毛当栅栏,隔断了大地与天空。伊密尔的血液、汗水则汇成海洋,他的肉体变成了硬土,骨头形成高山,牙齿便是坚硬的石头,

冰岛史诗《大埃达》插图

头发变成树木百草。

善神还把伊密尔的天灵盖当成天空，他的脑子成为飘浮在天上的云朵。为了防止天灵盖坠落，善神又让四个矮壮的神人站立在大地四角，用肩膀扛起天空。

你马上就会联想到女娲神话中"断鳌足以立四极"的描写。而伊密尔化身创世的情景，又跟中国"盘古化身"的创世神话多么相似！

中国神话的影响怎么会抵达遥远的北欧呢？有人推测说，5世纪时，匈奴王阿提拉的铁蹄曾踏上欧洲大地，《大埃达》中便提到阿提拉。这些东方神话是否是在那时被带到西方去的？——不过也有学者说，文化的传播没这么简单，究竟谁影响了谁，还很难说。

此外，《大埃达》中还提到希格尔德降伏毒龙、夺取财宝的传说。那正是日耳曼史诗《尼伯龙根之歌》的情节。希格尔德就是《尼伯龙根之歌》中的尼德兰王子齐格弗里德。

《尼伯龙根之歌》：王子屠龙记

《尼伯龙根之歌》的作者据考是奥地利人。德国和奥地利都把这部史诗奉为本民族的文学遗产。全诗将近一万行，分上、下两部：上部叫《齐格弗里德之死》，下部叫《克琳姆希尔德的复仇》。

先说说尼德兰王子齐格弗里德吧，他为人正直勇敢，武艺高强，靠着一把锋利的宝剑和一顶隐身帽，打遍天下无敌手。

《尼伯龙根之歌》插图一

他曾只身杀死守护尼伯龙根宝物的毒龙,并占有了这批财宝。他还用毒龙的血洗过澡,这样一来,他浑身就像裹了一层鳞甲,刀枪不入。只可惜洗澡时有片树叶落到背上,那地方没能沾到龙血,成了他的致命之处。——你马上就能看出,这还是受《荷马史诗》的影响。

齐格王子打听到勃艮第国王巩特尔的妹妹克琳姆希尔德公主生得十分美貌,就带了剑和隐身帽前去求婚。可是在那儿待了一年,他连美人的面儿都没见着。

事有凑巧,巩特尔国王也正打算向冰岛女王布仑希德求婚。可这位女王是个女中豪杰,扬言谁要跟她成亲,先得打败她才行。巩特尔国王可没这个本事。不过他听说齐格王子是个勇士,就求他帮忙。

机会送上门,当然不容错过。齐格王子立刻扮作家臣模样,随巩特尔王来到冰岛。借着隐身帽的法力,他帮巩特尔打败了布仑女王,还得到了女王的戒指。这一下,巩特尔没理由不接受齐格王子当"妹夫"啦。

盛大的结婚典礼在巩特尔的王宫里举行,两位新娘同时披上婚纱。可布仑希德王后却有点儿瞧不上克琳姆公主——身为金枝玉叶，怎能下嫁给一个家臣呢！嫉妒和仇恨，在两位女人心中播下了种子。

十年后，齐格王子继位当上尼德兰国王。他接受大舅哥巩特尔的邀请，带着妻子前去会亲。两位王后见了面，各自夸说自己的丈夫；接着又为进教堂谁先谁后的小事儿，恶言恶语吵翻了。

布仑希德王后还得知，自己的戒指竟落在齐格王子手中，更是气不打一处来。她收买了朝臣哈根，要向小姑子报仇。

哈根于是向克琳姆公主假献殷勤，从她嘴里套出齐格王子致命的秘密。在一次行围射猎时，哈根趁王子俯身泉边喝水时，一枪刺中他的致命处，王子倒在了花丛中！

这还不算，哈根还把尼伯龙根宝物沉到莱茵河底，并夺得尼伯龙的名号。兄妹之邦，从此结下血海深仇。

匈奴王庭的血光

以上是史诗的头一部分。史诗的第二部分，专写克琳姆公主报仇的事儿。

十三年后，寡居的克琳姆公主抱着复仇的愿望，再嫁匈奴王埃采尔。又过了十三年，她怂恿匈奴王邀请她的亲人前来赴宴，还关照使者：无论如何要把哈根请来。

哈根明知这杯酒不好喝，可没办法，只好硬着头皮，点起一万武士，跟着巩特尔王前来赴"鸿门宴"。

匈奴王此时还蒙在鼓里呢。他奇怪，怎么客人上了筵席，还是刀不离手、甲不下身呢？哈根只好敷衍说：这是我们的习俗，庆典之际,要武装三天。

筵席一开,双方勇士先是比武取乐,渐渐地凶相毕露,演变成残酷的屠杀!血水掺着酒水流成了河,匈奴王也没能幸免。杀到后来,客人当中就只剩下巩特尔王和哈根啦。

克琳姆公主逼哈根交出尼伯龙根宝物来,并狠心杀死哥哥巩特尔,用来恐吓哈根。哈根也算条硬汉,他大骂克琳姆公主是"妖妇",结果被一剑刺死。

匈奴老将希尔代勃朗目睹这么多英雄好汉死在眼前,觉着再也不能袖手旁观,于是上前杀死了克琳姆公主。这场惨绝人寰的民族大悲剧,就在一派血光中落了幕!

根据史料记载,勃艮第国王巩特尔和他的氏族确实是被匈奴人消灭的。还有个传说:5世纪席卷亚欧、被欧洲人称为"上帝鞭子"的匈奴王阿提拉,确曾娶过一位日耳曼姑娘做妻子,并在新婚之夜被妻子用刀刺死。——看来,《尼伯龙根之歌》并非毫无根据呢。

《尼伯龙根之歌》插图二

这部史诗还成为后世文艺作品的素材库。19世纪德国大音乐家瓦格纳就曾据此谱写了著名歌剧《尼伯龙根的指环》；近年问世的电影大片《指环王》，也是由此演绎而来的呢。

只是这部史诗创作于12世纪末叶，是欧洲英雄史诗中流行较晚的一部。在中国，那时正值南宋初年。

一七、但丁与《神曲》（13—14世纪，意大利）

扯起"文艺复兴"的大旗

东方的舞台上演出着世俗爱情故事《西厢记》，远在万里以外的意大利，则正在酝酿着一场蓬蓬勃勃、经久不衰的文化革命——文艺复兴运动。照字面理解，"文艺复兴"就是复古，是重拾希腊、罗马的古代文化艺术。

那是在13世纪末，位于土耳其半岛的东罗马帝国受到伊斯兰军队的攻击，大批学者抱着古希腊的艺术珍品、背着用拉丁文抄写的羊皮卷，逃难到了意大利。

意大利这地方本来是古罗马的文化中心，有不少文物在那儿出土。意大利人忽然发现：跟中世纪的文化相比，古希腊、古罗马的文化艺术竟是如此丰富、完美！——文化领域顿时掀起一股学习、研究希腊、罗马古文化的热潮，文艺复兴运动也便由这儿开始了。

其实文艺复兴的背景，是新兴的资产阶级跟封建势力"掰

《大卫》雕像是文艺复兴运动的艺术代表作之一

腕子"呢!新兴阶级这一边要自由、要发展,可贵族和教会那边却死死限制着人们的一言一行。于是新兴力量就打出"复古"大旗来:你不是坚持你那套老章程吗?我这个"章程"比你的还要老得多!——很显然,这是拿古代文化当幌子,创建自己的新文化体系呢!

在文艺复兴的大潮中,意大利的画坛上有三位画家为人熟知:达·芬奇用《蒙娜丽莎》的永恒微笑征服了世人。米开朗琪罗的著名雕像《大卫》,把人的尊严和力量表现得多完美!拉斐尔笔下的圣母,丝毫没有冷冰冰的"神"气,完全是一副人间慈母的模样。——这三位被称为"画坛三杰"。

其实意大利的文坛上也有"三杰",便是但丁、彼特拉克和彼特拉克的好友薄伽丘。先来说说但丁。有人说,如果没有但丁,中世纪的欧洲文坛可以说是一片昏暗。

但丁——意大利的"屈大夫"

但丁（1265—1321）出生在佛罗伦萨一个小贵族之家，大致跟中国的《西厢记》作者王实甫同时。他生活的年代，意大利分裂成许多小城邦，佛罗伦萨是其中较大的一个。城邦中有两个党派，一个叫圭尔弗党，代表着市民的利益；另一个叫吉伯林党，代表着旧贵族的势力。两党针尖儿对麦芒，互不相让。但丁家虽然是贵族，却赞成圭尔弗党的主张。

但丁从小死了娘，不到二十岁又死了爹。家里没给他留下什么遗产，爹娘倒是给了他一个好学深思的脑瓜儿。

在学校里，他学习刻苦。拉丁文、逻辑学、修辞学，乃至演讲和写作，都受过名师指点，成绩优异。更多的知识是他从课堂外自学得来的，他阅读了大量诗歌和哲学著作，年纪轻轻的，已是远近闻名的学者啦。

从三十岁起，他又对政治产生了浓厚兴趣。他参与圭尔弗党的活动，凭着声望和能力，三十五岁那年还当上了佛罗伦萨的行政官。

意大利老早就有政教争权的病根儿，罗马教廷总想插手世俗的政府事务。但丁对此非常不满，

但丁

常常故意跟教皇顶牛，惹得教皇很不高兴。

有一回他受党内委托，到罗马去跟教廷谈判；党内的另一派乘机夺了权，但丁受到缺席审判。从此他流亡国外，再也没能回到故乡佛罗伦萨。

流亡的生活实在艰辛，有时候，他眼看就要上街乞讨啦。可是但丁不肯低头，他觉着自己为了维护共和国的利益而遭到放逐，是件光荣的事儿。——他的遭遇，是不是有点儿像中国古代大诗人屈原？

意大利北部有座古城叫拉文那，那儿的君主仰慕但丁的大名，亲自带了厚礼请他到那里定居。以后但丁便在那儿生活、写作，直到去世。他的著名长诗《神曲》，也是在拉文那写成的。

暗恋女友成诗神

《神曲》原名叫《喜剧》，后人推崇这部大作，在前面加上"神圣"一词；中文译者把它翻译成"神曲"，倒也得其神韵。

《神曲》是一部长篇叙事诗，全诗共一万四千二百三十三行，由"地狱""炼狱""天堂"三部分组成，三部分的长短几乎相当。每部分又都由三十三支歌组成，加上序曲，全诗总共一百支歌。《神曲》不但篇幅宏大，结构也那么匀称，称得上是匠心安排啦。

从三部分的标题即可猜出，这是部宗教题材的作品。诗人写自己梦游宇宙三界，显然都出自想象。不过诗中不少人物，却是实有其人。

就拿诗中两位向导来说吧，那位维吉尔，是古罗马的大诗人。如前所叙，文人史诗《埃涅阿斯纪》就出自他的笔下。但丁对这位老前辈佩服得五体投地，因而在诗中把他写成自己的老师和引路人。至于那位引导但丁游历天堂的仙女贝阿特丽采，其实就是但丁少年时的梦中情人。

据说但丁九岁时，随父母到别人家做客，初次见到这姑娘。那时她才八岁，可在但丁的眼里，她简直就是天

诗人把暗恋女友写入《神曲》

使！从那天起，但丁无论如何，也没法子把她从心中抹去。

九年以后，他俩再度相逢，姑娘倒没觉得怎样，但丁却像让闪电击中似的，话都说不出来啦！——可惜他只管在心里偷偷地热恋着，却从来没向姑娘表白过一句。他写了那么多热情洋溢的诗赞美她，她却一点儿都不知道。

后来贝阿特丽采嫁了人，不久就死去了。但丁的悲痛自不用说，他把为她写过的诗用散文连缀起来，辑成一本诗集，取名叫《新生》。在书的结尾，诗人说自己现在还不配讲到她，将来，他还要好好地写！

这么看起来，贝阿特丽采出现在《神曲》里，并不是偶然的。从某种意义上讲，这位曾被诗人暗恋的女友，便是引导诗人创作《神曲》的诗神啊。

《神曲》：地狱九重，鞭挞罪恶

还是说说《神曲》的内容吧。

诗人三十五岁的时候，在一片黑暗的大森林里迷了路。他正想向一座山峰攀登，突然跳出三头野兽：豹子、狮子和狼！就在这千钧一发的当口，维吉尔出现了，原来他是受贝阿特丽采的委托，来救诗人脱险的。

靠了维吉尔的指引和陪伴，但丁来到了地狱。地狱共分九层，形状像个漏斗，越往下就越窄。罪人的灵魂就依照罪孽的大小，分别在不同的层圈里挨罚受罪。

地狱的头一层情况还好。这儿是"候判所"，那些在基督之前出生的异教徒们，像荷马、贺拉斯、苏格拉底等，都在这儿等待着上帝的审判。

第二层可就大不一样了。这里一片黑暗，狂风怒号！无数幽灵被吹得东飘西荡、跌跌撞撞。有的撞在断崖绝壁上，发出痛苦的哀号！这里受惩罚的，是那些屈从肉欲、忘记了理性的人。——在教会看来，这是不可饶恕的罪行。

在地狱的第三层，一些生前贪吃的灵魂，被雨雪冰

《神曲》插图：地狱里徒手推石头上山的罪人

雹打得辗转反侧。长着三只狗头的怪物抓住那些灵魂，把他们撕得粉碎！第四层则专门拘禁贪吝者和浪费者，他们怀抱重物你冲我撞，永远别想停下来歇一会儿。在这些贪鄙的家伙里，有俗人也有教士，甚至还有主教和教皇！

第五层是一个开了锅的水池，沸水漆黑如墨。这里住着愤怒者的灵魂，他们赤身露体地泡在泥水里，相互拼打撕咬，一个个皮开肉绽。第六层则是一片坟墓，一些邪教的头头儿以及门徒都在棺材里受烈火焚烧——但丁的政敌也在这儿遭受火刑呢。

再往下去到了第七层，这儿又分成三环：暴君、暴徒在冒着泡儿的血水沟里受着熬煎；缺乏信仰而自杀的人，变成了多瘤多疤、枝断血流的老树；放高利贷者以及暴发户，在火雨和热沙中受灼烤，其中有不少还是佛罗伦萨的贵族呢。

第八层又叫恶沟，一环套一环的，共有十条沟，沟上有桥相连。那些心怀欺诈的、诱奸少女的、逢迎拍马的、买卖圣职的、占卜算命的、贪得无厌的，还有伪君子、小偷、阴谋家、流言家、挑拨是非者和造伪者，全在各条沟里受着形形色色的惩罚。希腊英雄奥德修斯也在其中，因为他使用木马计，犯了助人为恶的罪过。两位

《神曲》插图：恶人在地狱里受罪

教皇也头朝下脚朝天地倒栽在石缝里,两脚被烧得乱抖。——谁让他们曾把善良踩在脚下、把凶恶捧在头上呢?

第九层是地狱的最底部,也最黑暗。这里是一片冰湖,湖中冻着叛国卖主和谋杀暗算的罪人。湖中心是反叛的天使恶魔撒旦,他有三张面孔,长着蝙蝠般的肉翅。他的三张嘴里叼着三个人,一个是出卖耶稣基督的叛徒犹大,另两个是布鲁图和卡西奥——他们合伙谋杀了罗马帝国的恺撒大帝。

天堂庄严,美丽如画

顺着撒旦的翅膀,但丁和维吉尔来到地球中心,那儿有一条隧道,一直通往炼狱。

炼狱又叫净界山,它浮在南半球的海中,形状像是七重金字塔,越往上就越小。这儿也有许多有罪的灵魂。他们的罪行都比较轻,经过忏悔,会得到上帝的宽恕。

天使出现了,在但丁额上用剑画了七个"P"字,那代表着骄、怒、妒、惰、贪财、贪食、贪色七宗罪。这以后,但丁每登高一层,心灵就净化一点儿,字母也便随着消失一个。最后,维吉尔完成了引导的使命,向但丁告别。但丁独自一人向山顶的人间乐园走去。

突然,诗人在一片花雨中,看见了自己的心上人——贝阿特丽采,她就在小溪的对岸站着!诗人激动万分,几乎晕倒。当他清醒过来,发现自己已浸在溪水中,忘记了过去的罪恶。就这样,但丁跟着贝阿特丽采,朝天堂走去。

天堂也有九重，那儿庄严而又辉煌，充满欢乐与爱。他们依次拜访了月天、水星天、金星天、太阳天、火星天、木星天、土星天、恒星天、水晶天，最终来到至高天。

在那里，诗人眼看着空中的星星一颗颗关闭，只剩下最明亮的一颗。一切升入天堂的人们都身披洁白的衣

《神曲》插图：天堂

衫，排列在一个极大的圆形剧场里，座位的形状就像是玫瑰花，每个灵魂犹如一枚花瓣……

诗人在那儿领悟了圣父、圣母、圣灵三位一体的奥秘。此刻，如电光一闪，冰雪消融，幻象消失了，诗人的梦醒了，全诗也便结束了。

一生荣辱，历史公正

《神曲》想象丰富，结构宏伟，主题不那么容易把握。有人分析说，《神曲》充满着象征意义，象征着黑暗的现实和光明的未来。

就说地狱吧，那是影射现实世界的。里面的幽灵，也都是根据现实人物描画的。像野心勃勃的教皇、专横残暴的国君、高傲自大的狂人……

不过早在那里受罪的也不全是坏人,像第二层中的弗兰齐丝嘉,她奉爹娘之命嫁给贵族贾乔托,却爱上了小叔子保罗。这一对年轻人常常在一起读"圆桌骑士"故事,彼此心心相印,难分难舍。后来贾乔托得知隐情,竟将他俩残忍地杀死,一对灵魂双双堕入地狱。在教会看来,他们是有罪的;可诗中的主人公听了他们的悲惨故事,竟难过得晕死过去。——你瞧,地狱跟现世有什么两样?

天堂呢,则象征着理想境界,诗人把那里描绘得那么灿烂辉煌。至于炼狱,那是从现实通往理想之境的必由之路。人们必须经过这艰苦的历程,才能由迷惘与罪恶登上真理与至善至美的殿堂。——这一切,大概就是诗人要表达的主旨吧。

但丁的一生历尽艰辛与坎坷,可是他的一颗爱心却始终不曾泯灭。他对贝阿特丽采爱得多么深沉,多么执着。他也有足够的爱,去爱他的故乡、他的祖国。有人说,他本来想把《神曲》写成赞颂爱情的诗篇,然而却不由自主地写成了政治诗。在他心目中,祖国和爱人同

佛罗伦萨圣十字教堂前的但丁立像

样成为他"上下而求索"的美的偶像啦!

但丁在诗中对人间的丑恶做了无情的鞭挞,这也为他招来政敌的诅咒与诽谤。但丁有些驼背,皮肤微黑,头发和胡须是卷曲的。政敌便攻击他,说他的头发是被地狱的劫火烧卷的!

可是更多的人热爱他,崇敬他。他死的时候,送葬的人跟潮水似的。他被葬在了列文那,佛罗伦萨人却多次要求归还他的骨灰。当年他活着的时候,被赶出了家乡;如今他死了,却成了家乡人的骄傲。历史跟佛罗伦萨开了个多么大的玩笑!

人们普遍认为,但丁是欧洲中世纪最后一位大诗人,同时又是文艺复兴运动的先驱!

一八、薄伽丘与《十日谈》
(附彼特拉克,14世纪,意大利)

彼特拉克:让杯中斟满爱情

意大利的佛罗伦萨是个出诗人的地方,在但丁之后,又出了位诗人彼特拉克(1304—1374)。没错,他也是文艺复兴运动的意大利"文坛三杰"之一。

说起来,他跟但丁还有点儿瓜葛呢。他爹是佛罗伦萨的一位名律师,曾跟但丁一同被流放。彼特拉克算是但丁的子侄辈了,但丁死时,他只有十七岁。

彼特拉克自小跟爹爹流亡法国,在盛行骑士诗歌的普罗旺斯

彼特拉克

那地方住了好多年。日后他的诗歌，就多少受了骑士诗歌的影响。他有一部抒情诗集，叫《歌集》；那里面收了三百多首诗，差不多全是诗人写给自己的意中人劳拉的，就像但丁写诗赞美贝阿特丽采一样。

那是彼特拉克二十三岁时的事。在法国一座教堂里，他见到一位骑士的妻子，名叫劳拉。诗人对她一见倾心，爱得如痴如狂，写诗就成了他抒泄感情的唯一方式。

他写了那么多诗，把劳拉描画得跟天使似的：她有闪亮的眼睛，金色的卷发，柔软丰腴的臂腕，甜蜜的微笑，连沉思时也显得那么恬静……二十年后，劳拉染病去世了。诗人伤心极了，他觉得生活中再也没有了光明，只剩一片黑暗！

别忘了，彼特拉克写这诗的时候，整个欧洲还笼罩在中世纪教会统治的阴影里。教会认为，人来世上，就是要吃苦赎罪，以求死后超升的；根本不应有什么现世的欲望。——彼特拉克却大胆歌唱现实的幸福，举起了斟满爱情美酒的杯子。因而他这部《歌集》的意义，也就远远超出了歌颂个人爱情的范畴。

彼特拉克还完善了十四行诗这种诗歌样式。后来的欧洲诗人们，全都喜欢这种调子轻快、适于抒情的诗体，而彼特拉克也被人尊为西方诗坛上的"诗圣"。

彼特拉克还有一件大功劳：他特别喜欢古希腊和古罗马的文学作品，搜集了大批古籍抄本，认真研读。这正是文艺复兴运动初期学者们所做的工作。而彼特拉克善于运用一种独特的观点——人文主义观点来阐释这些典籍，结论自然是更上一层楼。

什么是"人文主义"呢？人文主义就是强调以人为本，认定人是宇宙的中心；歌颂人的价值、人的尊严，反对禁欲主义，提倡个性解放、爱情自由……这都是跟教会那套"以神为本"、压制情欲的主张唱对台戏！也对，古希腊的雅典文化，不就是倡导民主、看重人的价值吗？

为躲瘟疫讲故事

彼特拉克的好友薄伽丘也是"三杰"之一，他的那本《十日谈》，比彼特拉克的《歌集》名声更大。

薄伽丘（1313—1375）的父亲是佛罗伦萨的富商，母亲却是个法国姑娘。薄伽丘是个私生子，出生在法国巴黎。

薄伽丘自幼喜欢文学，小小年纪，总爱编几句顺口溜，人称"小诗人"。可他父亲一心想让儿子继承父业，于是送

薄伽丘

他去学做生意。父命难违,薄伽丘只得去那不勒斯经营买卖,后来又一度改学法律。但十二年后,他依然回到文学这条道儿上来了。

有一段时间,薄伽丘爱上了那不勒斯王的女儿玛丽娅。他爱得那么深沉,写了无数诗歌、小说,献给这位恋人。——这一点,跟但丁、彼特拉克的经历有些相像呢!

后来薄伽丘的父亲经商破了产,薄伽丘只好回家帮父亲料理家务。不久他又返回那不勒斯,那会儿正是一位女王执政。一有空儿,女王就把薄伽丘召到身边给她讲故事,前后六七年中,讲过的故事何止百篇。有人说,《十日谈》就是这么"谈"出来的。

就说说这部《十日谈》吧。

1348年,意大利发生了一场可怕的瘟疫。美丽繁荣的佛罗伦萨遭了大劫,一时间十室九空、丧钟长鸣!这当口,有三个小伙子、七个姑娘,相约逃到一所乡间别墅躲避瘟疫。

长日无聊,怎么打发光阴呢?大伙儿一合计,决定讲故事解闷儿。十个人,每人每天讲一个,前后十天,加起来就是一百个故事。——《十日谈》这个名字,就是这么来的。这种框式结构,其实还是受《一千零一夜》的启发呢。

这些故事的主人公五花

《十日谈》插图一

八门，不仅有国王、贵族、英雄和骑士；众多市井俗人，商人啦，农民啦，手艺匠啦，乃至艺术家、学者、诗人、僧侣、高利贷者……也都成了故事里的主角。尽管不少故事的题材来自历史逸闻、中古传说和东方故事，可反映的却全是14世纪意大利的社会现实。

敢跟教会开玩笑

薄伽丘对教会的揭露和讽刺尤为辛辣，有这么两个故事，可以看作这类题材的代表。

在第一天的讲述中，有个"杨诺劝教"的故事最具讽刺性。巴黎商人杨诺是个虔诚的基督教徒，他有个好朋友亚伯拉罕，却是个不信天主教的犹太人。杨诺替朋友着急，生怕他死后要堕入地狱，就苦口婆心地劝他信教。亚伯拉罕觉着盛情难却，答应先到罗马教廷去看看，如果天主教真像朋友说的这么好，再信不迟。

亚伯拉罕在教廷看见了什么呢？他看见那些神

《十日谈》插图二

职人员——什么教士呀，主教呀，甚至教皇本人，都是些贪杯好色的家伙：不是买卖人口，就是拿圣职做交易，连基督徒的血肉也敢当商品出卖。回到巴黎，亚伯拉罕谈起对罗马的印象，说那里哪儿是什么"神圣的京城"，简直就是藏污纳垢的罪恶渊薮！

杨诺一想，这回可别指望说服亚伯拉罕了。可没想到亚伯拉罕话头一转，说：这一切足以证明，天主教是天底下最正大、最神圣的宗教啦！你看，这些"上帝的仆人们"干了那么多坏事来破坏它的威信，它不但没垮台，反而日见发扬光大；它的背后，肯定有伟大的神灵保佑着！就凭这个，我也要改信天主教，现在就到教堂给我行洗礼吧！——瞧，这里的讽刺是多么辛辣、大胆，又是多么巧妙！

羽毛木炭，总是有理

第六天第十个故事，讲的是修道士欺骗信徒的事。有个能说会道的修道士，每年都到一座小镇上去骗施舍、捞钱财。这一回他对信徒们说：我从海外圣地带回来两根羽毛，这可是天使向圣母玛丽利亚报喜讯时掉在玛利亚卧室里的。——其实他的宝贝盒子里装的，只是两根鹦鹉尾巴上的羽毛。

有两个年轻人专爱捣蛋，趁修道士不在，拿一块儿木炭换掉了盒子里的羽毛。只等着修道士回来，好看他当众出丑。

修道士才不怕呢。他见盒子里的羽毛变成了木炭，马上面不改色地编出一套瞎话来，说自己身边有两件圣物，分别装在两个盒子里；本想把装羽毛的那个带来，结果竟拿了装木炭的这个，这难道不是天主的意旨吗?

那么这块木炭又是什么宝贝呢?修道士说,它是当年一位殉道的圣者遭受火刑时烧过的木炭。拿它在农夫农妇的衬衫上、面纱上画个"十"字,保证一年内不会遭火灾!——就这么着,这个修道士骗去的施舍,比往年还要多得多。

读了这样的故事,没人不开怀大笑的。《十日谈》的读者也正是在开心一笑中,看穿了教士们的骗术。这比正颜厉色地指斥和揭露,效果还要强十倍哩。

《十日谈》插图三

院长的"帽子"与城里的"绿鹅"

歌颂真挚纯洁的爱情,也是《十日谈》的重要主题。青年男女不顾礼教的约束偷偷相爱的故事,在书中不止一个;可他们总也逃不脱被砍头、被挖心的厄运!读者从中可以看到禁欲主义的野蛮和残酷。

而那些礼教的代言人又是些什么货色呢?有这么个故事,把他们的把戏揭了个底儿掉。

伊莎贝拉是个出身高贵、模样标致的修女。她偷偷爱上个小伙子，两人不时在修道院里私下幽会。——这在以圣洁出名的伦巴第修道院，可是件大逆不道的事。隐情不幸被发现，伊莎贝拉立刻被押到大厅上，等候院长发落。

女院长匆匆赶来，当众痛斥伊莎贝拉淫乱无耻、败坏了修道院的名声，说是严惩不贷、绝不姑息！伊莎贝拉自知犯了清规，还有什么可说的呢，只有低着头受训罢了。

可是偶然间，她抬头瞟了院长一眼：怎么回事？院长的帽子两边，竟垂着两根吊袜带！等她明白过来，便理直气壮地说：天主保佑，请院长还是系好你的头巾再跟我讲话吧。

女院长往头上一摸，马上就明白了：原来在此之前，她正跟一个男教士睡觉，来得匆忙，错把教士的短裤当成头巾啦。

不过院长不愧为一院之长，她马上改换面容，声调温和地对大家说：硬要一个人压制感情的冲动，真是太难啦；今后只要大家严守秘密，正不妨自寻欢乐呢。

禁欲主义违背了人性，因而也就十分脆弱。第四天的一个故事，写

《十日谈》插图四

一位名叫腓力的男子，唯恐儿子受世俗邪念的诱惑，从小就把他关在深山茅屋里，不让他接触外人。

十几年后，腓力带儿子进城，那里的宫殿、宅邸、教堂、车马，都让儿子感到新鲜。迎面来了一队姑娘，腓力生怕儿子受异性诱惑，忙叫他低头闭眼，说那只是一群"祸水"！儿子一个劲儿刨根问底，腓力只好胡编一个名儿，说她们叫"绿鹅"。结果，临回家时，儿子什么都不要，只要求：爸，让我带一只绿鹅回家吧！——老腓力明白了：自然的力量，远比十几年的训诫防范要有力得多！

在另一个故事里，作者告诉人们，爱情不但不是邪恶的，反而是最奇妙的东西。有个后生，长得倒是身强体壮的，可智力低下，几乎是白痴，言行粗鲁，像头野兽！爹爹的鞭子、老师的训导、亲人的劝诱，都不能让他开窍。——可是自从见到一位美丽的少女，他整个人都变了，智慧和才能从内心深处涌出，他一下子成了才华出众、风度翩翩的美男子啦。

巧用戒指打比方

《十日谈》里还有一则"三只戒指"的故事，表达了薄伽丘不同凡响的民主思想。故事说的是开罗的苏丹急需一笔款子，以填补国库的空虚，他想到了亚历山大的一位犹太富商麦启士德。可是平白无故的，怎么开口找人家要钱呢？灵机一动，他想出一个点子来。

麦启士德被当作贵宾请了来。苏丹问他：听说您博学多识，请问在犹太教、伊斯兰教和基督教三家中，哪一家是正宗呀？

《十日谈》插图五

麦启士德明白,这是苏丹给他"下套"呢;贬低哪一家,也免不了被他抓住把柄。他想了想说:还是让我先讲个故事吧。

一位老者有三个儿子,个个都孝顺。老者家中有一只珍贵的传家戒指,谁得了它,就具有族长的权威。可是给哪个儿子好呢?他拿不定主意。后来他请来一位手艺高超的匠人,照着样儿又打了两只。三只戒指放在一块儿,就连匠人自己也分不出真假来。老人死后,每个儿子都得到一只戒指,可是要讲清楚谁是正牌嫡传,可就太难啦。

富商的意思是:三种宗教也是一样,大家全都认为自己是天父的正宗继承人;但要弄明白这个问题,就跟弄清戒指的真假一样困难。——薄伽丘在这里向人们宣传了一种宗教宽容精神,正是这种精神,开启了后世的民主风气。

与《神曲》并肩的"人曲"

当然,教会恨透了薄伽丘。《十日谈》还没写完,教会就向他施压。薄伽丘死后，教会刨了他的坟，砸了他的墓碑。直到百年后，天主教会还在佛罗伦萨的广场上焚烧《十日谈》呢！薄伽丘死后二百年，由教皇指定，出版了《十日谈》的删节本；书中许多干坏事的教士，身份都给改成俗人啦。

可是有识之士却给了这部书极高评价，认为它比但丁的《神曲》更进了一步——《神曲》还是以神为中心，《十日谈》却是以人为中心。难怪有人把《十日谈》称作与《神曲》并立的"人曲"呢。还有人说，欧洲文艺复兴的大幕，就是由薄伽丘的《十日谈》拉开的。

《十日谈》一出版，立刻风靡欧洲。后来在英国产生的乔叟的《坎特伯雷故事集》，在法国出现的纳瓦尔的《七日谈》，就全是拿《十日谈》做样板儿。

薄伽丘的《十日谈》还开创了短篇小说的新样式。其实欧洲的头一部长篇小说，也是薄伽丘创作的，书名是《菲洛哥洛》，是部爱情题材小说。

一九、乔叟与《坎特伯雷故事集》
（14世纪，英国）

他被称为"英国诗歌之父"

欧洲文艺复兴运动起源于意大利，可是把文学创作推向巅峰的，却是英国的文学家。听说过英国大戏剧家莎士比亚吧！他是

乔叟

文艺复兴文坛上的巨人,其大名如雷贯耳。——不过早在莎士比亚诞生的二百年前,英国文坛已经有杰出的诗人涌现。

这里要说的是号称"英国诗歌之父"的乔叟(约1343—1400),他大致跟中国小说家罗贯中是同时代人。乔叟本是个葡萄酒商人的儿子,毕业于有名的牛津大学。他后来进入宫廷,做了皇家侍从,又当过外交官和军人,还曾出使法国和意大利。

但丁、薄伽丘、彼特拉克的诗文小说都让他着迷。他创作《坎特伯雷故事集》,便是受薄伽丘《十日谈》的影响。其中的个别故事,在《十日谈》中已经出现过,不同的是,乔叟用的是诗体。

在伦敦泰晤士河边的一家小客店里,聚集着三十位善男信女,他们是前往坎特伯雷大教堂朝拜的香客。香客的身份五花八门,有骑士、农夫、小地主、托钵僧、尼姑、教士,还有律师、医生、大学生、商人、厨师、手艺匠、水手、差役……他们相貌举止、言语神态各自不同,总起来就是个小社会。

到坎特伯雷去的路要走三天,于是店主人提议:为解闷儿,路上每人要讲两个故事。谁讲得好,店主将酬劳他一顿美餐。

以上是全书的帽子,下边就是各位的故事啦。——只是乔叟原本准备写六十个故事,可是只写了二十四个,乔叟就去世了。因而今天我们见到的,是个未完成的本子。但这丝毫不影响它的价值和成就。

女人命运拴刀尖

骑士头一个抽到签,听听他讲些什么。

雅典国王出征亚马孙女人国,大获全胜,不但娶了女人国女王为妻,还把她漂亮的妹妹爱茉莱带回了雅典。

紧跟着,雅典国王又去攻打希白斯,杀掉了那儿的暴君,并把两位年轻的贵族武士阿赛脱和派拉蒙擒拿回国,囚禁在雅典的巨塔里。于是,一场爱情的风波便开始了。

一天,爱茉莱在巨塔边的花园里散步,让塔中的两位武士看到了。他们立刻就爱上了她,并为这美丽的姑娘吃起醋来。

一个偶然的因素,阿赛脱被意外释放了。雅典国王命令他马上离开,说是一旦再看到他,就要砍掉他的脑袋。可砍头又怎么能阻挡真正的武士追求

《坎特伯雷故事集》插图一

爱情呢？阿赛脱还是冒着危险回到了雅典，并且潜入宫中，化名当了僮仆，只为寻找机会跟心上人接近。

在这个当口，派拉蒙也在朋友的帮助下逃出了巨塔。事有凑巧，他在树林里遇上了独自出门的阿赛脱，一对情敌的决斗不可避免！

雅典国王打猎路过树林，目睹了这场恶斗。等问明原因后，他饶恕了两人的过错，并让他俩一年后前来比武，说是谁取胜，就把小姨子爱茉莱嫁给他。

这天很快就到了。两位武士各带了百名卫士前来决斗。按照规定，双方都不准使用利器；而且无论哪一方的主将被打下马来，决斗即告结束。

对抗开始了，混战之中，派拉蒙挨了一刀，掉下马来，他算是输定了。阿赛脱欣喜若狂，打马向爱茉莱奔去。——突然有个恶魔从地底下钻出来，阿赛脱的马受了惊吓，把主人一下子甩下马来。阿赛脱胸腔被压碎，眼看活不成啦。

阿赛脱不愧是有风度的贵族武士，临终时，他把派拉蒙和爱茉莱叫到跟前，最后一次表白了对姑娘的爱，又把派拉蒙的品德大大夸赞了一番，祝他们幸福，说完就咽了气。——人们敬重他的义气，全都来参加他的葬礼。当然，派拉蒙和爱茉莱也终成眷属。

爱茉莱跟一个爱她的人结合，结局还算美满。可是在整个婚姻历程中，她的命运始终捏在国王的手心儿里、挂在武士的刀尖儿上，这是那个时代女子的悲哀，也显出讲故事的人——骑士对爱情的看法。

贵妇人与木匠妻

学者所讲的故事,也诉说了女人的不幸。

有个意大利的年轻侯爵,娶了贫家女子为妻,不久生下个女孩儿来。可侯爵却让人把孩子带走。没过几年,侯爵夫人又生下个儿子,依旧被人带离了亲娘。侯爵夫人呢,只是默默地忍受着,始终没说一个字。

可侯爵却得寸进尺,说是受了教皇的旨意,要休妻再娶,还叫这位即将被休掉的夫人为他张罗婚事。这打击可太残酷啦!但侯爵夫人真有修养,依旧那么默默顺从、唯命是听的。

到了迎娶新人的宴席上,侯爵才道出真相:他这是试探夫人的耐心呢。至于被接来的,也不是什么新娘,而是被养在别处的十二岁的女儿,后边还跟着七岁的小弟弟!

侯爵夫人又惊又喜,当场晕了过去。待她醒来,便又重新披上了夺目的锦袍,接受人们的致敬。后来嘛,当然是与侯爵恩恩爱爱、白头到老啦。

不过故事集里的女人,并不都像这位侯爵夫

《坎特伯雷故事集》插图二

人一样逆来顺受。在磨坊主的故事里,木匠"年轻心野"的漂亮妻子阿丽生就活得挺开心、挺自在。

自作多情的教堂管事半夜跑到她的窗根儿央求她开窗,为了能吻她一下;因怕自己口臭,惹美人不高兴,事先还嚼了益智草和甘草根。可阿丽生呢,却把屁股挪出窗外。等教堂管事明白自己受了骗,只能使劲儿擦嘴:用灰擦、用沙擦、用草擦、用布擦,连木屑也用上啦!

乔叟的玩笑开得真泼辣,而阿丽生的形象,也因而显得格外生动。她还跟穷书生尼古拉一块儿摆布她那有钱的蠢丈夫。读了这个故事,你会觉得这个世界是属于他们的。

比恶人更贪婪的赦罪僧

跟《十日谈》一样,《坎特伯雷故事集》对教会也大为不敬。有个赦罪僧,为大伙儿讲了"三个恶汉"的故事:有三个恶汉去找"死亡",在一位老者的指引下,却找到一大堆金币。其中两人支使另一个去打酒,等那人走后,他俩便商量着要除掉他,使"三一三余一"变作"二一添作五"。打酒的那一位呢,他的心思更歹毒:买了毒药放到酒里,想毒死这两个,自己独吞金钱。不用说,最后的结果是,一个死于刀下,两个毒酒入肠,谁也活不成!

赦罪僧讲完这个故事,马上话头一转说:列位,上帝饶恕你们的过失,会保佑你们勿蹈贪婪覆辙;献出你们的贵品真金、戒指胸针,来买我的赦罪符吧。

读了故事的结尾,每位读者都会想:究竟谁贪婪、谁又该佩

《坎特伯雷故事集》书影

戴赦罪符呢?——还是店主人说得好,应该把那些赦罪符和所谓"圣物",统统放进"猪肚子的神龛里去"!

在《坎特伯雷故事集》里,乔叟第一次拿生动活泼的伦敦方言来入诗。他那写实的手法和幽默灵巧的文笔,显示着他遮掩不住的才华。人们把乔叟看成英国近代诗歌的开创者,写英国文学史的人,往往由乔叟写起。至于后来的英国大文学家斯宾塞、莎士比亚、狄更斯等,全可以看作他的后生晚辈。

二〇、"列那狐"与《巨人传》
（14—16世纪，法国）

法兰西也有"狐狸精"

欧洲中世纪后期,文坛上不仅有英雄史诗和骑士文学,也出现了市民文学。自10世纪始,欧洲陆续建起不少城市,街头说唱艺人也应运而生。艺人们就地取材,绘声绘色地演说市民生活故事,还不时讥讽一下贵族、教会和骑士,引来现场听众的哄笑。——顺带说到,当时的中国,话本和杂剧等艺术形式,也正在民间广受欢迎,发展得如火如荼。

到了14世纪,与意大利毗邻的法国,诞生了一部市民文学的杰作——《列那狐的故事》:它借一只机灵百怪的狐狸,展示了那个时代的社会风貌。

"列那"是这只狐狸的名字,它诡计多端,欺软凌弱,干了不少坏事;可也欺骗过狮子,整治过恶狼,对强者并不顺从。

一年冬天,天寒地冻,列那实在饿得受不了了,跑到外面去觅食。它见路上驶来一辆鱼车,便躺在路上装死。鱼贩子见了,停车把这只"死狐狸"扔到车斗里,还寻思捡了个大便宜呢。列那在车上可是开了鱼荤,末了还把鱼穿成项链绕在脖子上,然后跳车逃走了。

有只老狼叫伊桑格兰,列那一向喊它"舅舅"。这天它路过列那家,闻到鱼香,不禁流出口水,堵着门求列那放它进去。列那说:我

《列那狐的故事》插图

的屋子已经改成寺院啦,你要进来,得先剃发受戒才行。老狼吃鱼心切,就迫不及待地把脑袋伸进去等着剃发。哪知列那兜头一壶开水,把"舅舅"烫得焦头烂额!

列那还教老狼拿尾巴当钓竿,伸进冰窟窿里去钓鱼。结果鱼没钓着,尾巴却冻在冰面上。闻声赶来的人们把老狼结结实实揍了一顿。

另一回,列那趁狮子睡着了,把它拴在树上。狮子醒后大声呼救,列那又假装赶来救它。这一来,狮子反而把它认作大恩人,执意要封它做大元帅呢!

列那狐的传说本来流传于民间,十二三世纪时,有位法国女作家季诺夫人把这些传说收集起来,写成这部《列那狐的故事》,这还是受《伊索寓言》的影响呢。在书中,中世纪教会文学、英雄史诗、骑士文学的沉重、神秘和故作高雅都不见了,有的只是市民阶层的机智、狡狯、蔑视权威,还有点儿唯利是图。

读着这些生动活泼的文字,你会想:中世纪教会势力的思想统治,还能维持多久?

拉伯雷撰写《巨人传》

就在薄伽丘去世后的一个多世纪,法国诞生了一位文学天才——拉伯雷(约1493—1553)。他出生在一个阔律师的家庭,从小受到很好的教育,常年在修道院进修,什么法律、数学、几何、天文、地理、植物、考古、音乐、哲学、教育、神学、医学……没有他不懂的。后来他又偷着阅读古希腊的典籍,跟人文主义者来往密切。因为这个,他还被关过禁闭呢。

后来拉伯雷到里昂去挂牌行医,由于医术高明,还当上巴黎主教的私人医生。他的长篇讽刺小说《巨人传》,就是在行医的间隙里写成的。

《巨人传》称得上一部奇书。书中主人公卡冈都亚(也有译作"高康大"的)以及他的儿子庞大固埃,全都是身高体壮的巨人。就说卡冈都亚吧,他是国王的儿子,从娘的耳朵眼儿里生出来的。他一顿要喝一万七千头奶牛挤的奶!缝件衣服,要用好几千尺布!他曾跑到巴黎圣母院的钟楼上撒了泡尿,登时冲走了二十六万围观者!他还把钟楼的大钟摘下来当马铃铛,那可足足有一万两千公斤哩。

《巨人传》插图一

卡冈都亚本来挺聪明,可从小受的是中世纪经院式的教育,结果越学越笨,变得呆头呆脑,话也说不清了。后来他被送到巴黎接受人文主义教育,他的聪明才智才渐渐显露出来。

他的国家受到邻国侵略,卡冈都亚赶回国抗击入侵者。有个叫若望的修道士帮他打败了敌人,他便修了一座德廉美修道院，让若望来主持。修道院其实是一片人文主义的乐土，这儿没有任何清规戒律，连围墙也没有，更像是一所大学。人们在这里受着良好教育，相互信任，和睦相处，还能自由恋爱，也鼓励发财致富。总之，"想干什么就干什么"成了德廉美修道院的最高信条！

一部巨人时代的巨著

卡冈都亚老年得子，这孩子就是庞大固埃。他也是个大块头。当他出生时，由娘肚子里一连跑出六十八匹骡子来，背上全都驮着海盐。——庞大固埃本来是民间传说里的海怪，据说专门趁人们熟睡时往人嗓子眼儿里撒盐面儿！

庞大固埃长大后四处游学，在巴黎结识了精明狡猾的流浪汉巴汝奇。这个巴汝奇，几乎成了后面几部书的主角啦。他狡黠机灵，喜欢恶作剧，可又有点儿胆怯；但为了发财，却又不顾一切。这正是新兴资产阶级的性格特点。

两人结伴游历，最终在一处神秘的殿堂见到一只神瓶。与此同时，巴汝奇听到空中响起一个声音：喝吧！——喝什

《巨人传》插图二

《巨人传》插图三

么呢?书中没有说。有人解释说,神瓶里装的,既不是水,也不是酒,而是知识。造物主是让人们畅饮知识和真理的美酒呢!这恐怕就是全书的真谛吧。

那么,拉伯雷干吗要把主人公描绘成巨人呢?可以说,文艺复兴的时代就是巨人的时代!人们的精神、思维都迅速成长,《巨人传》要刻画的,正是新时代的新人。——《巨人传》前后共五部,几乎是欧洲最早的长篇小说;从内容到篇幅,都称得上是"巨人时代的巨著"了。

二一、塞万提斯与《堂吉诃德》
（16—17世纪,西班牙）

独臂作家塞万提斯

比《西游记》《金瓶梅》略晚,在欧洲的西班牙,一部小说大作《堂吉诃德》问世了,它的作者是塞万提斯（1547—1616）。

可别小瞧西班牙,十五六世纪,它可是称霸世界的海上强国。发现美洲新大陆的哥伦布，首次做环球航行的麦哲伦，船上挂的都是西班牙的国旗。当时的亚洲、非洲、美洲，到处都有西班牙殖民地。非洲、美洲的一些国家，至今还拿西班牙语当官方语言。

塞万提斯

可是到了16世纪末叶，英国的海上势力强大起来，在一次海上争霸战中，西班牙的"无敌舰队"被打得落花流水。从此，西班牙的国运也像这支舰队一样一蹶不振。——然而"国家不幸诗家幸"，西班牙的文学却由此迎来了黄金时代。

塞万提斯算得上西班牙文坛上最伟大的文学家了。他出生在马德里，祖上本是贵族，到他爹这一辈，家世已经衰微。爹爹是个穷外科医生，为了养家而四方奔走，哪儿还顾得上孩子的教育——塞万提斯只读到中学。

塞万提斯的学问全靠自学。《十日谈》《小癞子》这些小说，全都让他爱不释手。没书读的时候，哪怕在地上捡起个字纸头儿，他也要翻来覆去地看上半天。

二十岁出头，塞万提斯作为红衣主教的随从去了意大利。他受到那儿浓厚的文学艺术氛围的熏陶，眼界大开。这以后，他当了兵，参加海战时作战勇敢，丢掉一条臂膀，落下终身残疾。

他带着一身创伤和一张荣誉状踏上归国之路,不料途中又遇上摩尔人的海盗船。转眼之间他成了摩尔人的俘虏,被卖到非洲北部的阿尔及利亚做了奴隶。他家里得到消息,想要花钱把他赎回来。谁知他身上带的荣誉状害了他。人家以为他是个什么重要角色,把赎金标得高高的;直到五年以后,他才被家人用五百枚金币赎回,他离开祖国已经十年啦。

可是在国内,没人关心这位为国立功的英雄。国王只派他到海外领地担任个无足轻重的小官。为了吃饭,他只好拿起笔,靠写剧本换钱糊口。他总共写了二三十个剧本,上演后并没引起人们多少关注。他只好放下笔另谋生路。

不久他当上了"无敌舰队"的征粮官。在乡下,他不忍心向那些碗底朝天的农民派粮,便自作主张向仓满囤流的教堂神父征粮。这一下惹恼了教会,把他从教会里除了名。

这以后,教会处处为难他,他不但丢了饭碗,还成了监狱里的常客。这时他已五十多岁了。就在牢狱的铁窗下,一部长篇小说的构想在他脑子里形成。不错,这就是那部举世闻名的《堂吉诃德》。

《堂吉诃德》:一个穷乡绅的骑士梦

人们一定还记得中世纪的骑士文学吧?塞万提斯生活的时代,西班牙正风行骑士小说。那些千篇一律的作品里,总是有一位英勇无畏的骑士出现,为了国王和贵族的利益不惜赴汤蹈火,其中还必定夹杂着无聊的爱情纠葛。

塞万提斯对这类小说腻烦透了!他的《堂吉诃德》,便是拿一位迷恋骑士小说的穷乡绅做主角，来个"以毒攻毒"，对骑士小说痛加讥讽！

书中这位穷乡绅原名吉哈诺，五十多岁了。他整天闲得无聊，最爱读骑士小说。读得走火入魔，一心要当个仗义行侠的骑士，除暴安良、扬名天下。

于是他改名叫堂吉诃德·台·拉·曼却，意思是"来自拉·曼却那地方的鼎鼎大名的骑士堂吉诃德"。他又从祖上的遗物里，拣出一副烂盔甲以及侠客必备的长矛和盾牌，还牵来一匹跟他一样瘦骨伶仃的老马。他把邻村一个村姑幻想成自己的意中人，给她取了个高贵的名儿，叫杜尔西内娅，并暗自发誓要终生为她效劳。——这些全是骑士小说里的俗套。

就这样，他单枪匹马踏上冒险之途。

他来到一家客店，恍惚之间，觉着眼前是一座领主的城堡。于是他苦苦哀求"领主"为他授勋。其实那"领主"不过是个客店老板。老板怕这个疯子闹事，就逢场作戏封他做了骑士。

堂吉诃德忘乎所以，向一队过路的商人发起挑战。商人雇的骡夫可不买他的账，夺过枪来就把他

《堂吉诃德》插图一

痛打了一顿。要不是有个好心人护送,他连家都回不去啦。

堂吉诃德并不灰心,伤势一好,又跨马出征了。这回,他身边还多了个侍从——一个叫桑丘的庄稼汉。桑丘长得又胖又矬,骑着头小毛驴,跟又高又瘦的堂吉诃德走在一块儿,真是天下难找的一对儿。

一天,他俩来到一处荒原上,这里立着几架大风车。堂吉诃德昏了头,竟以为风车是些凶恶的巨人,马上决定为了正义和上帝,向巨人开战!

桑丘劝他看看清楚,他哪里肯听,拍马持枪、大声叱骂着冲上前去。不用说,风车那巨大而有力的臂膀立刻把他的长枪折成几段,他自己也连人带马被甩出好远。待桑丘上前救护时,他已不能动弹啦。

一路上,这样的事可太多了。又一天,路上扬起两股烟尘,堂吉诃德立刻兴奋起来,说那是两支大军在交战。他嘴里念念叨叨描述着两军对垒的情形,还声称要协助正义的一方——其实那不过是两群羊在奔跑扬尘呢。桑丘劝他别去,他早已催马向前,举枪向羊群中乱刺。牧羊人连忙拿石头回击,砸得他头破血流,门牙也给砸掉了。

堂吉诃德有几回似乎是占了上风,可更多的时候却是倒霉。当他被家里人骗回家时,早已面黄肌瘦、不成人样啦。

有女莫做骑士妇

《堂吉诃德》第一卷一问世,就获得巨大成功,几个礼拜就被抢购一空,一个月内居然出了三个盗印本。全国上下都在谈论这本书。传说西班牙国王站在阳台上,看见街上有个学生一面看书一面大笑,就说:那学生准是看《堂吉诃德》呢。派人一问,果然如此。如果几个人在路上看见一匹瘦马,也会说:瞧呀,那不是堂吉诃德先生的坐骑吗?

看到《堂吉诃德》销路这么好,有个无聊文人便用假名字发表了一部《〈堂吉诃德〉续集》。那书糟透了,书中把堂吉诃德主仆俩写得粗俗不堪、缺少灵魂。伪书的作者还故意在序言里攻击塞万提斯,说他"只有一只手","坐过多次牢"。

塞万提斯气愤极了,反击说:一只手又怎么了?又不是酗酒斗殴打折的,这是在从古至今最伟大的战争里失掉的呢!——为了肃清伪书的影响,塞万提斯加紧赶写真正的续集,终于在第二年排印出版。

续集写堂吉诃德带着桑丘第三次外出行侠。他见路上一辆笼车里关着两头狮子,便跃跃欲试,打算跟狮子较量较量。他逼车夫打开笼子,那狮子并不想出来,只打了个哈欠,就掉转屁股一动不动了。车夫嘴巴乖巧,说是

《堂吉诃德》插图二

骑士的盖世神威已经有目共睹，狮子不敢出场，是怕自己丢丑。堂吉诃德心满意足，从此他又赢得了"狮子骑士"的称号。

这以后他们又遇上公爵夫妇，被邀请到豪华的公爵府中去做客。公爵夫妇并非礼贤下士，而是拿这主仆俩寻开心呢。两人在府中受尽捉弄，不是半夜遇上"死神"，责令桑丘自己打屁股，就是双双被骗上木马，让马肚子里的花炮炸得半死。

公爵还派桑丘到他的领地上去做总督，这是桑丘盼望已久的事。公爵本意仍是看笑话，可桑丘却干得十分出色。他不但审理了好几件疑难案件，还制定了不少对老百姓有益的法令。临走时，他骑上小毛驴，对送行的人说：我来时没带一文钱，走时没带一文钱，这就是我跟别处的卸任总督大不相同的地方。这话的尾音儿，够人们琢磨一气的。

堂吉诃德最终饱尝了人情冷暖，叶落归根，回到家乡。在临终的病榻上，他忽然神志清醒，明白自己根本不是什么游侠骑士，只不过是老好人吉哈诺罢了。他大骂骑士小说全是一派胡言，嘱咐床边的外甥女千万别嫁给迷恋骑士小说的，否则就别想继承遗产！

"至少我们还有《堂吉诃德》"

塞万提斯爱他笔下的堂吉诃德，自称是"堂吉诃德的爸爸"。堂吉诃德虽然是个荒唐可笑、中了骑士邪魔的人，可另一方面，他心地善良，富于同情心，专爱打抱不平，满脑子人文主义。只是他妄图用理想中的骑士之道去对付不公平的世道，连连碰壁也就在所难免了。

桑丘的形象也很可爱。开始他有点儿目光短浅,贪图小利;可是受了堂吉诃德的影响,他也变得高尚起来,在总督的位子上干得一点儿也不差。

《堂吉诃德》一问世,风靡一时的骑士小说算是走上了末路。人们一听说游侠骑士,马上就想起堂吉诃德的可笑形象来。骑士小说中的主人公们,还怎么抖得起威风来?这也正是塞万提斯创作《堂吉诃德》的本意所在吧。

不过这部小说大受欢迎,大概还有更深层的原因:当时的西班牙正处在"无可奈何花落去"的时代,有人不愿意接受这个事实,总想着重温西班牙黄金时代的美梦;那心态,实在有点儿像迷恋骑士时代的堂吉诃德。这部小说,是不是刚好触动了人们心中的忧伤情绪?

教会和权贵们却不喜欢这书,堂吉诃德的人文主义思想,触了他们的忌讳。塞万提斯六十九岁在马德里辞世,天主教忌恨

塞万提斯纪念碑

他,连块墓碑都不给他立。可是西班牙人民却永远记着他,他们说:即使到了我们一无所有的时候,至少我们还有一部《堂吉诃德》呢!——还有什么墓碑,比树立在人民心里的纪念碑更高大、更持久呢?

这部小说早在百年前就被介绍到中国来,最初是用文言翻译的,名为《魔侠传》。

二二、超越国界的西班牙语文学
(16—17世纪,西班牙及拉丁美洲)

流浪汉小说《小癞子》

早在塞万提斯之前,西班牙还有一部小说《小癞子》。别看它篇幅不长,名气可挺大,"流浪汉小说"就是由此开端的。

有个叫拉撒路的苦孩子,绰号"小癞子"。他先后给瞎子、绅士、卖赦罪符的和大祭司当过仆人,尝尽了人间的艰辛。由于环境的逼迫,他也逐渐变得"贼精溜滑"了。

先说他的头一个主人瞎子吧,此人心地狠毒,常常折磨这个苦孩子,不给他饭吃。可小癞子有办法:他把瞎子的酒壶钻了个眼儿,又用蜡封上。等瞎子喝酒时,他就钻到瞎子腿底下,捅开那个眼儿接酒喝。后来瞎子发现了,却并不声张;等小癞子又去接酒喝,他拿酒壶狠命地一砸,砸掉小癞子好几颗牙!

后来小癞子实在受不了虐待,决心离开瞎子。临走前,他把瞎子领到一根石柱子前，骗他说：眼前是一条水沟。瞎子使出吃奶的劲儿往前一蹦，哎哟一声，撞得头破血流。小癞子呢，早就溜之大吉啦。

这以后，小癞子又给一个教士当仆人。这位比瞎子还抠门儿。

《小癞子》封面

他有一只旧箱子，里头盛满面包，却整天锁着，不给小癞子吃。小癞子也有办法，他配了一把钥匙，等教士不在，就打开箱子偷吃面包，还东一口西一口的，让教士以为是耗子啃的。——但事情到底露了馅儿，挨了一顿痛打，小癞子再次被赶到街上。

小癞子又去伺候一位衣冠楚楚的绅士。其实这位是个穷光蛋，他靠小癞子乞讨来的面包填肚子，还装模作样，说是因为这面包烤得香，才来尝一尝的。

小癞子又换了好几个主人，最终娶了大神父的女仆，日子也变得好过起来。——可他的灵魂，却堕落了。

《小癞子》的作者是谁，学者们至今也没搞清楚。不过这位作者，肯定是个饱经忧患、愤世嫉俗、富于同情心的人。他在书的前言里说：让那些阔公子们想想，他们何德何能？无非是靠运气占了便宜罢了。苦命的穷人全凭自己挣扎，历尽风波，安抵港口。——他的话，道出了为生活而打拼的底层小人物的心声。

维加戏剧:凶手就叫"羊泉村"

维加

塞万提斯还写过剧本《努曼西亚》,那是个历史剧。不过说到戏剧,与塞万提斯同时代的维加(1562—1635),成就更大。他是个神童,十四岁时就开始写剧本了。

维加的父亲是个宫廷刺绣匠,可维加却喜欢用鹅毛笔来描龙绣凤。他一生精力充沛,当过贵族的侍从,参加过"无敌舰队",做过宗教裁判所的法官,五十多岁时又当了教士。可无论干什么,他从来没停止过文学创作。据说他一生写过一千八百个剧本,至今留存的也有四五百个!在全世界的剧作家中,他的高产可算是拔得头筹。

有一部《羊泉村》,是维加的历史剧代表作。剧本写的是15世纪发生在西班牙的一次农民暴动。

有个残暴专横的贵族叫费尔南,是骑士团的队长。一次他路过羊泉村,见村长的女儿正在举行婚礼,就仗着武力把姑娘抢回城堡,还要把新郎绞死。

姑娘寻机逃回村里,号召村民们起来抗暴。愤怒的村民们冲进城堡,杀死了作恶多端的费尔南。——西班牙国王费南多派法官来调查案子，羊泉村的村民谁也不讲出带头人来。法官问起谁是杀人凶手，全村人一齐回答：是羊泉村！

后来国王亲自过问，终于查明了真相。他赦免了村民，还把羊泉村划归王室直接管辖。这出戏歌颂了农民反抗封建暴政、争取自由权利的斗争。直到第二次世界大战时，西班牙还常常演出这出戏，来鼓舞人民的反法西斯斗志。

维加在戏剧创作中首创了三幕剧的形式，剧情大多悲喜交集、曲折生动。剧中还穿插着歌舞表演，很有民族特色。他为西班牙的民族戏剧奠定了基础，人们把他推为"西班牙戏剧之父"，赞誉他是"天才里的凤凰"。

宣扬"和为贵"的《奥扬泰》

在很长一段历史时期，西班牙语的使用范围远远超出西班牙国界。譬如在美洲，由于西班牙的长期殖民统治，那里有不少文学文献就是用西班牙语记录书写的。

如前所说，美洲的玛雅文化起源很早，而12世纪以后，南北美洲又建起印加和阿兹特克两个印第安帝国，到十五六世纪时发展到了顶峰。

阿兹特克文学属于纳瓦特尔语文学，其中包括史诗、抒情诗等。有名有姓的诗人就有好几位，他们的诗歌充满哲理。

印加文学呢，属于克丘亚语系。他们的诗歌，大都与音乐、舞蹈密切相关。诗文配上歌舞，便离戏剧不远了。流传至今的印加文学作品，还真有一部戏剧，叫《奥扬泰》。

印加武士

奥扬泰是个平民出身的将军，爱上了皇帝的女儿柯依约公主。可是照印加帝国的规矩，皇族是不能跟平民通婚的，哪怕战功卓著的勋臣也不行。

哪知这位奥扬泰对待爱情如同打仗一样，只管向前，不肯后退。他冒着杀头的危险偷偷跟公主幽会。皇帝得知消息，便把怀了身孕的公主软禁起来。

奥扬泰求婚不成，就聚集了三万武士，扯起反叛的大旗。皇帝大怒，派了绰号叫"石眼"的将军前去平叛。"石眼"硬攻失利，便施苦肉计，假意投降奥扬泰，然后趁其不备，打开要塞大门，放进了皇家军队……

就在奥扬泰被解送朝廷的当口，老皇帝病死，新君继位。儿子比老子开明，他不但赦免了奥扬泰的死罪，还把妹妹柯依约公主嫁给了他。

陈旧的礼教一被打破，妻离子散、人头落地的悲剧，立时变作合家团圆、皆大欢喜的喜剧。全剧也在一片欢笑声中结束。

《奥扬泰》不但有鲜明的主题、曲折的情节，诗句也优美动人。它最初是由一位无名的印第安作者，根据口头流传的故事用克丘亚语写成的，以后一直在民间演出。

18世纪时，有位欧洲传教士用西班牙语把它记录下来，并排练公演。这戏才得以保留，成了印第安文学中的遗珍。

美洲也有"荷马史诗"

16世纪以后,拉丁美洲文学受到西班牙、葡萄牙等宗主国的影响。欧洲文坛上的潮流——人文主义啊,启蒙运动啊,都影响了它。

到了18世纪末19世纪初,各殖民地国家纷纷宣告独立,革命造就了一大批新文学家,拉美文学也开始有了自己的民族特色。紧接着19世纪末到20世纪初,又演化出拉丁美洲特有的现代主义。而现实主义、自然主义与魔幻现实主义也接踵而至……

这么说太抽象,还是具体介绍几位作家吧。

先说说初期的殖民地文学。西班牙人哥伦布在15世纪末"发现"了美洲,曾写信向西班牙王室报告美洲情况,这些信件成了最早的殖民地纪实文学。

信中描画了新大陆的山川景致、风土人情。说是河里全是金沙,用手一淘就是一大把……他还描述印第安人的形象,说他们健美漂亮,头发油光闪亮,不但友善诚实,而且慷慨大方、心灵高尚。——整个美洲简直就是美丽富庶的世外桃源!

可是紧接着,征服者的兽兵踏上这块乐土,天堂变成了地狱!为了抢夺黄金、强占地盘,征服者大批屠杀印第安人,连老人、妇女、孩子也不放过!有个叫卡萨斯(1474—1566)的神父,在《印第安人毁灭简述》里就记录了征服者的暴行。——这位神父却因揭露征服者的恶行,受到西班牙教会的迫害。

也有人在诗文中记述印第安人奋起反抗的悲壮史实。有个叫苏尼加(1533—1594)的西班牙人曾参加了征服者的队伍,他把

以印加帝国灭亡为题材的绘画

所见所闻写成长诗《阿劳加纳》。诗中歌颂印第安勇士不屈不挠的反抗精神,写他们为了捍卫自己的土地,如何父死子继、夫唱妇随,写印第安首领如何足智多谋、英勇善战、视死如归!

法国大思想家伏尔泰称赞这部史诗,把它跟《荷马史诗》相提并论。文学史家则称它是"第一部以诗歌形式歌颂美洲的作品"。

二三、莫尔、斯宾塞和马洛
（15—16世纪,英国）

莫尔空想"乌托邦"

让我们回到英国。——谁听说过羊吃人的事?这事发生在16世纪的英国。

跟西班牙一样,英国航海业十分发达,商船队把英国商品运到世界各地,换回白花花的银子和原料。在那些英国货中,毛呢制品是很赚钱的一宗货物。

这样一来,刺激了英国的毛纺织工业。纺织工场如同雨后春笋建立起来。只是"巧妇难为无米之炊",没有羊毛原料也是白搭。那些拥有土地的贵族们见有利可图,纷纷把农田毁掉,改种

莫尔

牧草。一时之间,大批农民失去土地,成了流浪汉;有些农民就这么饿死了。——羊抢了人的饭碗,这不就是"羊吃人"吗?打这个比方的,是英国一位叫托马斯·莫尔(1478—1535)的文学家。

说他是文学家并不全面,因为他还是个政治家、思想家。年轻时,他在英国高等学府牛津大学读书。后来从政,由下议院议员当到议长,还当上了大法官。可莫尔不是那种脑瓜儿僵化的官僚。他头脑清醒,眼光锐利,看到圈占良田、建立牧场的情形,便一针见血地指出:温顺的绵羊要吃人啦!

莫尔写过一部奇书《乌托邦》,这是一部对话体的社会幻想小说。中国古代文学家陶渊明不是写过一篇《桃花源记》吗?莫尔的"乌托邦"便是这位英国人理想中的桃花源。

书中描画了这么一个岛屿,那儿的人奉行"不劳动不得食"

的信条。岛上有许多组织严密的大家庭，家庭里人人做工。产品被送进统一的仓库，再由家长领回必要的生活用品，谁也饿不着、冻不着。

由于没有私有财产，罪恶的根源也就消除了。大伙都住在花园般的住宅里。负责管理的人也由岛上成员选举产生。这可真是一片理想的乐土啊。

说来有趣儿，由于钱币失去了效用，金银成了最没用的东西，结果只好用它来打制粪桶、尿盆和锁链。至于戒指、耳环、项链等，则成了罪犯和奴隶的专用品，变成罪恶与低贱的标志啦。

"乌托邦"原是拉丁文"不存在之处"的意思。可见莫尔的这套社会改造设想，只是一种空想。后来人们便把"乌托邦"当成"空想"的代名词了。不过即便是空想，也是挺可贵的。他的主张，后来被人称作"空想社会主义"。——你看，"社会主义"的概念，早在吴承恩、李卓吾和汤显祖之前就诞生了。

斯宾塞《仙后》：圆桌骑士时刻准备着

接下来说说诗人斯宾塞（1552—1599），他比莫尔晚生了七十多年。斯宾塞最著名的作品是长诗《仙后》，诗中塑造了一位有道德、有教养的高尚人物——亚瑟王。

亚瑟王是谁？他可是英国历史上一位家喻户晓的传奇英雄。他本是6世纪时不列颠岛上凯尔特族人的领袖，为了抗击盎格鲁-撒克逊人入侵，他率领他的骑士团战斗了一生。传说在他的骑士团里，大家互称兄弟，一律平等。开会议事，大家围坐在一张可以坐一百五十人的大圆桌周围，这样就没有首席、末席的尊卑之别啦，这也是一种骑士的民主吧。

斯宾塞的《仙后》拿亚瑟王追求仙后格罗丽亚娜当引子，其实是借此歌颂伊丽莎白女王呢。这位"仙后"每年要在宫中举行十二天宴会，每天派一名骑士去解除灾厄；而每一回冒险行动，又都少不了亚瑟王的参与。诗中出马的骑士们，分别代表一种美德：虔诚啦，克制啦，贞洁啦，友谊啦，还有正义、礼貌等。

《仙后》插图

诗人本来打算写十二章，结果只写了六章。即便如此，长诗也已有三万五千行了！据说在现代英国，已经没有多少人能耐着性子把它读完。不过诗人对骑士道德的理想化描写——彬彬有礼的风范、浪漫的情操，至今还影响着英国人的社交习尚。

斯宾塞出身于布商家庭，曾在剑桥大学获得硕士学位，这以后就一直出入上层社会，过着贵族般的生活。在一次旧贵族发动的叛乱中,他的房产田园全被烧毁了,他也于第二年贫病而死。

斯宾塞一生崇拜乔叟,他的诗歌语言就是模仿乔叟的。死后,他刚好被埋葬在乔叟墓旁,也算是死得其所了。

斯宾塞写诗,十分讲究格律和技巧,因而人们称他为"诗人的诗人"。后世不少英国诗人都受到他的影响。

马洛神秘消失之谜

本该谈到莎士比亚,可还是先说说另一位戏剧家马洛(1564—1593)吧,说来凑巧,他跟莎士比亚是同一年出生的。

马洛的父亲是个穷鞋匠,马洛的成功,全靠他自己。他以优异成绩获得奖学金,读完中学又考入剑桥大学,还获得了硕士学位。

马洛学的是哲学,可他常常缺课,扎在图书馆写剧本。当时的英国剧坛上出了一批年轻气盛、读过大学的剧作家,人称"大学才子"派。马洛是其中年岁最小的一个。

年岁小,成就可不小。他的头一个剧本《帖木儿》一问世,就轰动

马洛

了伦敦城。这出戏写蒙古可汗帖木儿武功盖世、征服亚欧，这一切，靠的就是他那坚强的意志和勃勃的雄心。诗人以雄健有力的无韵诗歌颂扬这位出身卑微的英雄，里面也熔铸了自己的感受与激情！

至于那部《浮士德博士的悲剧》，更是杰作。剧中写浮士德不满足中世纪那点儿知识，为了求得魔法，把自己的灵魂出卖给了魔鬼。二十四年后，他跟魔鬼订立的合同到期，他的灵魂也被魔鬼劫往地狱。

浮士德的题材来自德国的民间故事，这个题材受到许多文学家的青睐。二百多年后，德国大诗人歌德写了那部传世之作《浮士德》，多少也是受马洛的启发呢。

马洛戏剧中还有一部《马耳他岛的犹太人》，写一个犹太人为了获得财产，不惜杀妻害女，最终自己也掉进沸汤中丧了命！——莎士比亚写《威尼斯商人》，显然受了这出戏的影响。

马洛一生富于传奇性。他在剑桥大学毕业时，校方拒绝授予他硕士学位，因为他被警方怀疑参与了天主教反对女王的阴谋活动。后来女王出面干预，对他的怀疑才被解除。因而人们又猜测，他可能是受政府雇佣的密探、卧底。

1593年5月底的一天，马洛在伦敦一家酒馆跟二个壮汉发生争执，被当场刺死。人们猜测这大约也跟政治有关。可惜这一年他才二十九岁！

前头说过，他跟莎士比亚同年出生，莎士比亚的不少剧本，显然受到他的启发。甚至有人怀疑，马洛当时并没死，他只是借机隐遁，以莎士比亚的笔名继续写剧本呢！

二四、戏剧大师莎士比亚（16世纪，英国）

"跑龙套的"写起剧本来

莎士比亚

莎士比亚（1564—1616）出生在英国沃里克郡的斯特拉福镇，埃文河从镇边缓缓流过。莎士比亚的父亲是个经营羊毛和皮革的商人，后来还当上镇长。莎士比亚作为长子，被父亲寄予厚望，从小被送到学校学习历史、哲学、拉丁文等课程。

可是好景不长，十三岁那年，父亲的生意蚀了本。莎士比亚只好辍学回家，帮父亲料理生意。以后经人撮合，他娶了个比他大八岁的女子。妻子给他生了三个孩子，可两人的感情一直不好。

莎士比亚后来去了伦敦，因为衣食无着，只好在剧院门口给有钱的观众牵马看车。这活儿可是够卑贱的。然而这一来，莎士比亚算是跟戏剧结下了不解之缘。这以后，他常在剧院里打打杂，提提词儿，有时还跑跑"龙套"，并因此结识了不少演员和编剧，向他们学到许多戏剧知识。慢慢地，莎士比亚也学着写起剧本来。

开始，他还只是改编人家的剧本，以后便放开手独立创作。他写的戏大受欢迎，连女王也爱看，他所在的剧团也因此获得进宫演出的机会。以后剧团干脆改名儿叫"国王剧团"，成了伦敦戏剧界的首席。

莎士比亚从三十岁左右开始写作，二十年里，共写了三十七个剧本，此外还写了不少诗歌。学者们把他的戏剧创作分成三个阶段：前十年里，他写的大半是喜剧和历史剧。以后的七年中，他主要写悲剧，成就也最高。此后几年中，他的剧本里增加了传奇色彩，因而人们把这最后一段称作传奇剧时期。

先来看看莎士比亚的喜剧创作吧。

《威尼斯商人》：喜剧还是悲剧

在头十年里，莎士比亚一共写了十部喜剧，其中包括《仲夏夜之梦》《皆大欢喜》《第十二夜》《温莎的风流娘儿们》等。而最为人称道的，则是那部充满酸甜苦辣滋味的《威尼斯商人》。

意大利的威尼斯有这么两个商人：一个是专门放高利贷的犹太人夏洛克，他对债户又刻薄又狠毒；另一位是年轻富有的威尼斯商人安东尼奥。安东尼奥跟夏洛克截然不同：遇到人家有困难，他总是慷慨解囊，什么利钱不利钱的，交个朋友就是了。他常常责备夏洛克贪婪狠毒，夏洛克当然也把他恨透了。

有个叫巴萨尼奥的穷贵族，是安东尼奥的朋友。他跟有钱的

《威尼斯商人》插图

小姐鲍西娅相爱,可临到办喜事,却没钱置办聘礼,于是张口向安东尼奥借钱。碰巧安东尼奥手头正紧,他的一批货正由海上运来,还没到港。安东尼奥只好来找夏洛克,以自己的名义向他暂借三千金币。

夏洛克这下可找着报复的机会啦。他说钱可以借,利钱也可以一个子儿不要,可是如果到期还不上,安东尼奥得拿自个儿身上的一磅肉来抵债!——为了朋友,安东尼奥竟答应了。

不久却传来坏消息:货船在海上遇到风暴,沉了底儿,安东尼奥一夜之间由富商变成了一贫如洗的穷汉!巴萨尼奥得知此事,连忙向未婚妻借了钱,赶去救他的朋友。夏洛克却一口咬定:除了安东尼奥的肉,别的什么也不要!

事情闹到法庭,忽然来了位年轻漂亮的律师。"他"先是劝夏洛克放弃无理要求,看看不行,便转而答应了夏洛克的要求。就在夏洛克红着眼磨刀子的时候,律师说道:借据上只许你割

《威尼斯商人》剧照

一磅肉,却没有准许给你一滴血;而且你只能割一磅肉,既不能多,也不能少。否则按照法律条款,就得判你死罪,还得把财产充公!——这下子夏洛克可垮啦,他没法子下刀,只好低头服罪。他不但没得着三千金币,连家财也被没收了一半。

等回到家,安东尼奥跟朋友才发现,那位风度翩翩的律师,竟是鲍西娅小姐乔装改扮的。这时又有消息传来:安东尼奥的货船并没沉没,如今顺顺当当开进了港口。这出喜剧,就在欢声笑语里落了幕。

剧中的安东尼奥是新兴商人的代表。他富而知礼、洒脱大方,是个正面形象。鲍西娅也是作者歌颂的人物,她又聪明又果决,男人都赶不上她。她在法庭上的一席辩护词,真是漂亮极了。

夏洛克显然是反面形象。然而诗人并没有一味丑化他,而是写出他的复杂性格。当时的英国社会,歧视犹太人的风气很盛。诗人通过夏洛克之口控诉说:你们以为犹太人没有手、没有眼、没有心肝吗?我们与你们一样,也要吃五谷杂粮,也一样会为刀伤而流血,我们也知道冷暖,并不是耶稣啊!——这凄厉的叫喊,使喜剧蒙上一层悲剧色彩。

《罗密欧与朱丽叶》:爱化解了仇恨

其实在这一时期,莎士比亚也写过悲剧,而且是非常有名的一部——《罗密欧与朱丽叶》。剧中写了一对情人的毁灭,而那悲剧的根源,是因这对恋人出自两个敌对家族:罗密欧是蒙太古家的儿子,朱丽叶是凯普莱特家的姑娘。两家都是维洛城的大族,因为一件旧事,变为剑拔弩张的仇家。

事情还得从头说起。有一回,老凯普莱特家举行盛大的宴会,罗密欧也戴着假面具来参加。在舞会上,罗密欧看上了一位可爱的姑娘,那正是老凯普莱特的掌上明珠朱丽叶。

夜阑人散,罗密欧却没有离开,他被爱情驱使着,跳进朱丽叶家的花园。碰巧姑娘正自言自语念叨罗密欧的名字呢,原来她对罗密欧也一见倾心。此刻她只怪罗密欧为什么生在仇家,但又表示为了爱情,宁可丢掉自家的姓氏。说着说着,罗密欧真的出现在她面前。两人情意绵绵,一直聊到天亮。

有个叫劳伦斯的神父,十分同情这一对恋人。他私下替他俩主持了婚礼。可没等神父把这个秘密公开,罗密欧却因在格斗中伤了人,被赶来审案的亲王判处了流刑。对于这对好不容易才结合的恋人,这可是生离死别啊。何况朱丽叶家正逼着她嫁人呢。

神父又替他俩想出个办法来。他叫朱丽叶喝了一种药汁,喝过后，人就如同死了一样。另一面，他又派人去给罗密欧送信儿，让他等朱丽叶一"下葬"，马上到墓室把她救走。

《罗密欧与朱丽叶》插图

可是阴差阳错的，信儿还没送到，罗密欧已经闻讯赶来。他见到朱丽叶的"尸体"，痛不欲生，举起随身带的毒药一饮而尽，倒在了朱丽叶身旁。就在这时，朱丽叶苏醒过来。等她明白了一切，为时已晚。这位忠于爱情的好姑娘，拔出罗密欧的佩剑，刺进自己胸膛。一对恋人，就这么双双离开了人世！

蒙太古和凯普莱特都赶来了。神父当众述说了悲剧的前因后果，亲王也责备两家人不该无端仇杀。儿女的毁灭唤醒了双方家长，他们流着泪握手言和。——可这和解的代价，实在太沉重啦。

相亲相爱的力量，最终战胜了敌视与仇恨，年青一代用鲜血和爱情，融化了老一辈心中的积雪严冰。这儿反映的，大概正是莎士比亚心中的人文主义理想吧。

在这出戏里，诗人已经显示出他的悲剧才能。可是他更为出色的悲剧，是六年后写成的《哈姆雷特》。——哈姆雷特是位丹麦王子，因而这出戏又被译为《王子复仇记》。

《哈姆雷特》：王子复仇

据说有一回王子的父亲丹麦国王在花园里午睡，被毒蛇咬死了。没出两个月，王后便嫁给了王子的叔叔，也就是先王的弟弟，连王位也让叔叔夺了去。

王子想念父亲，又为母亲这么快就改嫁感到难受。同时他总觉着这事有点儿不对劲儿。这以后，京城发生了怪事，城堡上的卫兵一连好几夜都看见了鬼魂。王子决心亲自去探个究竟。

到了深夜，鬼魂真的出现了，他身披铠甲，面色苍白，原来竟是先王！先王告诉王子，自己是给现在的国王害死的，还千叮咛万嘱咐，要王子替他复仇！——从这天起，王子便装起疯来，说话颠三倒四的，对待他心爱的姑娘奥菲利娅，也时冷时热，甚至粗暴无礼。

《哈姆雷特》插图一

可王子并没急着报仇——万一鬼魂的话不可靠呢？他想亲自验证一番。可巧宫里来了个戏班子，王子就编了一出戏，教他们排演，然后邀国王和王后前来观赏。

戏开演了，只见一位公爵夫人正向公爵表白呢，说是如果丈夫死在前头,她决不再嫁。后来公爵在花园里睡觉,他的一位近亲走来,把毒药汁滴到他耳朵里,害死了他……

戏演到这儿,国王再也坐不住了,他吩咐打道回宫,王后的脸色也很不好看。紧接着,王子受到传唤,说王后请他到后宫谈话。

王子实在憋不住了,当面对王后讲了许多责备的话。说到激动之处,就去抓王后的手。王后以为儿子发了疯,高喊救命。这时,帷幕后面也有人叫喊起来。王子猜想那一定是叔叔在偷听,便拔剑刺去。等尸首拖出来才知道,偷听的是国王的亲信、御前大臣,也就是女友奥菲利娅的父亲!

生存还是毁灭,这是个问题

这一回国王抓住了把柄,命人把王子押送到英国去,打算来个借刀杀人。但王子中途跳上一艘海盗船,又回到了丹麦。回京城那天,正赶上他心爱的姑娘奥菲利娅下葬。——这个可怜的姑娘,因为受不了接踵而来的刺激,精神失常,掉进河里淹死了。

在墓地上,姑娘的哥哥雷欧提斯跟王子动起了

《哈姆雷特》插图二

拳头，在他看来，是王子毁了他一家。

阴险的国王利用这两个年轻人的仇恨，设下更狠毒的圈套：他张罗着让他俩举行一次剑术比赛，那背后，却隐藏着杀机。照规矩，比剑要用钝头剑，可国王却暗中给雷欧提斯准备了一把开刃的毒剑。此外还预备下一杯毒酒，以备王子万一没被刺死，好在祝酒时毒死他。

比赛开始了，雷欧提斯根本不是王子的对手。可他复仇心切，竟趁着两方歇手时，一剑刺伤了王子。王子大怒，夺过毒剑回敬了对方。就在这时，王后大叫一声，向后倒去。原来她误喝了国王斟下的那杯毒酒！

雷欧提斯自知必死，临终前良心发现，当众揭穿了国王的阴谋。哈姆雷特王子目睹了这悲惨的场面，千仇万恨涌上心头，拔剑向奸王刺去！——王子终于替父亲报了仇，他自己也随之倒下了。

奸诈的篡位者死在剑下，是他罪有应得。可是这么好的两位青年也赔上了性命，实在让人痛心。尤其是哈姆雷特，他正直、勇敢，受过人文主义教育，是"时流的明镜，人伦的典范"。他反对奸王，不光是替父亲报仇，也是要把国家和人民从暴君的手里解救出来。然而奸王的势力太强大了，王子势孤力单，只好一面保护自己，一面瞅机会反击；何况他最亲爱的母亲也跟仇人搅在一块儿，这更让他难办。

有人说，哈姆雷特犹豫不决、优柔寡断，错过了好几次复仇的机会。他有一段舞台独白："生存还是毁灭，这是个问题！……"此句被人们长久传诵。不过也有人说：哈姆雷特只是投鼠忌器，怕伤着他的母亲啊。——爱母之情在他心中打了一个解不开的心结，心理学家把这称作"恋母情结"。

《奥赛罗》：小人拨乱酿悲剧

莎士比亚这一时期的悲剧作品，还有一部《奥赛罗》。奥赛罗是一位摩尔族的威尼斯将军，皮肤黝黑，高大威武。

姑娘苔丝狄蒙娜是元老院元老的女儿，她出身高贵，品貌出众，有着丰厚的嫁妆。向她求婚的人踏破了门槛儿，可姑娘偏偏看上了奥赛罗。

奥赛罗身经百战，自有一种常人比不了的大将风度。他到过天涯海角，有着不同寻常的经历。当他把自己的经历讲给姑娘听时，姑娘简直被迷住了。不久，他俩私下举行了婚礼。

元老却看不上这个黑皮肤的军人，他提出控告，说他们的婚姻不合法。可听了奥赛罗的陈述，元老院判定婚姻有效。况且这时正传来警报，说土耳其的舰队正朝塞浦路斯开来，军队正等着奥赛罗去指挥呢。

《奥赛罗》插图

战争的危险很快就过去了。海上风暴帮了威尼斯的忙，土耳其的舰队被飓风刮得七零八落。不过另一种危险，却在悄悄向这一对新人逼近。事情的缘由，得从奥赛罗新近提拔的一名副官说起。

这名副官叫凯西奥，奥赛罗跟苔丝狄蒙娜的婚事，就是他撮合的。而另一名军官伊阿古却恨得咬牙切齿，他觉着，这个副官的位置本应是他的。于是，一连串的诡计在他心中生成。

伊阿古先是在凯西奥值勤时把他灌醉，害得他丢了官；接着又假作关心，叫凯西奥找苔丝狄蒙娜向奥赛罗求情。他还让老婆偷了苔丝狄蒙娜的手帕，故意扔在路上，让凯西奥捡了去。那可是奥赛罗送给苔丝狄蒙娜的定情信物啊。

伊阿古故意在奥赛罗跟前闪烁其词，暗示苔丝狄蒙娜跟凯西奥之间有点儿不清不白。奥赛罗听了，竟真的起了疑心。等到发现了手帕的去向，他怒火中烧、情绪失控，竟亲手把最心爱的人扼死在床上！——这当口，凯西奥被人抬了进来。原来伊阿古派人去暗杀他，却没能得手。为了灭口，伊阿古又杀死了刺客。可是留在刺客口袋里的教唆信，却让伊阿古露了馅儿。

奥赛罗怎么也没法儿接受这个残酷的现实：自己受了骗，竟亲手杀了自己的爱妻！他拔出佩剑，猛地刺进自己的胸膛。山一样的身躯，倒在了妻子的身上！

奥赛罗杀了妻子，毁了自己，可没人责备这位悲剧英雄的轻信与鲁莽，只把满腔愤怒倾泻在伊阿古身上。——正义总是光明磊落，而邪恶却可以不择手段。这就是正义总要遭邪恶暗算的原因，也是这出悲剧真正令人感慨的地方。

悲剧《麦克白》和《李尔王》

《哈姆雷特》和《奥赛罗》的主人公都是正面形象,而《麦克白》的主角,却是个反面人物。

麦克白是苏格兰的中军大将,他平叛归来,在途中遇到三名女巫,她们预言说他将会成为考特爵士,还能当上君主。不久他真的得到了考特爵士的贵族头衔。但这没能使他满足,反而引发了他的野心。他的妻子比他野心还大,于是"妇唱夫随",两人趁国王邓肯到他家做客之机,把他杀死在卧室里。麦克白如愿以偿,坐上了苏格兰王的宝座。

金子的王冠戴在了头上,夫妇俩的内心却再也没有一刻安宁。他们生怕有人来抢夺王位,于是残害政敌、滥杀无辜,搞得众叛亲离。

妻子更是惶惶不可终日,最终发疯死去。心怀恐惧的麦克白再次去找女巫,女巫预言:要打败他麦克白,除非森林会移动,而且对方的统帅不是由娘胎中正常所生才行。——这当然都是不可能的啦。麦克白吃了定心丸:自己的江山是坐定了。

可不久麦克白又慌了

根据剧本《麦克白》改编的同名电影海报

手脚，因为从英格兰开来的讨伐大军，人人手里拿着树枝，看上去就像整座森林在移动。而对方的统帅又是不足月就从娘胎里取出来的，不是正常的胎生。麦克白一下子泄了气，最终他死在了讨伐军的剑下。

麦克白本是位忠心报国的英雄，怎么会变成弑君篡位、杀人如麻的暴君呢？这全是他内心潜藏着野心的缘故。女巫说得好：心中的魔鬼，比眼睛能看到的魔鬼更可怕。在剧中，麦克白夫妇篡位后坐卧不宁、疑神疑鬼。尤其是他的妻子，一遍又一遍地洗手，总觉着手上的血迹洗不掉！她最终是被内心的负罪感折磨而死的。在这出戏里，反面人物也像正面角色一样形象丰满、有血有肉。

莎氏另一部悲剧《李尔王》，写一位退位国王的遭遇。李尔王退位后，把国土和权力分给两个女儿。谁知手上没了权柄，他遭到女儿的冷遇和虐待，最终竟沦落为乞丐，饱尝了世态冷暖。这位一向高高在上的君王，总算懂得了一点儿人生道理。虽然坏人最终得到了报应，可好人比坏人死得更早。——把美好的东西毁坏给人看，这正是悲剧的真谛。

以上这四部戏——《哈姆雷特》《奥赛罗》《麦克白》《李尔王》，合称"莎士比亚四大悲剧"。它们是世界舞台上的不朽剧作，后世的悲剧作品，很少能超越它们。

传奇剧《暴风雨》

莎士比亚后期的剧作，如《辛白林》《冬天的故事》《暴风雨》

等，都带有传奇的色彩。就说说《暴风雨》吧。

米兰公爵普洛斯彼罗对魔法着了迷，他把公国事务都委托给弟弟安东尼奥，自己一头扎进魔法书里。

安东尼奥不满足自己的位子，他勾结那不勒斯王阿隆佐，篡夺了公爵的宝座，又把公爵连同他那未满三岁的小女儿米兰达赶上一条破船。

《暴风雨》插图

破船随波漂流，泊在一座荒岛边。亏得公爵深通魔法，降伏了岛上的精灵魔怪，从此荒岛成了公爵父女栖身的世外桃源，他们的日子过得倒也自由自在。

十二年过去了。一天，一艘豪华的大海船从海上经过。公爵施展魔法，登时雷电交加，暴雨倾盆，海船眼看就要沉没了，船上的人纷纷跳海逃命，乱作一团。

原来公爵早就掐算出有船经过，而船上乘坐的，正是他的坏弟弟安东尼奥，还有那不勒斯王阿隆佐以及王子斐迪南。

斐迪南王子独自一人爬上海岛，意外地遇见了公爵的美丽女儿米兰达。如今她已经长成大姑娘了。米兰达从小到大，还没见过爹爹以外的人类呢，她顿时爱上了这个英俊的小伙子。——

几经磨难，两人终于结成连理，这是后话。

船上的另一伙人，被海浪冲到海岛的另一头。就在那样的绝境里，他们还结帮分派、鸡争鹅斗闹个不停呢。其实他们的命运全都攥在公爵手心儿里呢。公爵派了精灵去惩治他们，揭露他们当年的罪行。——不过最后的结局是公爵跟弟弟言归于好，自己回国重掌大印。阿隆佐也成了公爵的亲家翁。总之，结局皆大欢喜就是了。

有人说，《暴风雨》反映了诗人晚年的人生态度：一面痛恨统治者的尔虞我诈，一面又主张宽容与和解。他的思想，依旧是人文主义的。

摘下面具，口吐莲花

在莎士比亚以前的戏剧中，演员上场都戴着面具。善良的、凶狠的、奸诈的，也只有那么几种类型。莎士比亚却创造了形形色色的生动人物：思想深刻、表情忧郁的哈姆雷特，正直勇猛却又单纯轻信的奥赛罗，功勋盖世却由骄傲中生出野心的麦克白，以及善良坚贞的朱丽叶、品德高尚的安东尼奥、手段狠毒而内心悲苦的夏洛克……无论喜剧的还是悲剧的，也无论正面人物还是反面人物，一个个都是那么有血有肉、内心丰富、栩栩如生。莎士比亚把整个世界搬上了他的舞台！

另外，莎氏的戏剧台词，全是用诗一样的韵文写成的。诗中句式多变、词汇丰富。有人做过统计，莎氏三十七部戏剧中，所用词汇超过一万五千个！不同的语言由不同人物口中吐出，

莎士比亚故居

或诙谐幽默，或悲戚辛酸，有的充满智慧、饱含哲理，有的气势磅礴、一泻千里，真可称为锦绣文字。——难怪有人说莎士比亚仅次于上帝，因为他创造得太多啦！

"莎士比亚就是无限"

莎士比亚的才能和学识，全是靠自己刻苦学习、磨炼得来的。当时的"大学才子派"看不上他，说一个戏园子打杂儿的，还想震撼舞台？又说他不过是只乌鸦，从才子们那儿捡了几根孔雀毛装点自个儿罢了。——他们对莎士比亚嫉妒得不行呢。

后人却不这么看。德国大诗人歌德就说过："莎士比亚就是无限！"法国大作家雨果说："莎士比亚跟《圣经》、荷马是三位一体的。"

其实跟莎士比亚同时代的人已经看出了他的伟大。他死时，

莎士比亚诗集书影

有人写了一首挽诗:"让已故的文学家斯宾塞、乔叟和卜蒙,在陵墓里给莎士比亚腾出个位置,好让他躺得舒服点儿。"

不想这首诗激怒了一个人,此人叫本·琼森。本是莎士比亚在剧坛上的对头,他觉得莎士比亚要比那三位高明多啦,于是写了一首诗歌颂莎士比亚:"得意吧,我的不列颠!你拿得出一个人,他可以折服欧罗巴全部的戏文!他不属于一个时代,而是属于所有的世纪!"这些话,句句是实。

相传莎士比亚不到五十就搁了笔。那时他已有了绅士的地位,在家乡买了房子,置了田产,算是功成名就啦。

1616年的一天,有个朋友来看他。他一高兴,多喝了几杯酒,结果病随酒入,卧床不起。这一年的4月23日,诗人与世长辞,可惜只有五十二岁。说来凑巧,这一天刚好是他的生日。

另一个巧合前面已经提到:中国的大戏剧家汤显祖也是这一年过世的。东西方两大戏剧家并世称雄、同年"谢幕",这要算世界文学史上的奇观了。

说来难以置信:1616年4月23日这一天,又是西班牙小说家塞万提斯去世的日子,这样的巧合,可谓千载难逢。

二五、弥尔顿与《失乐园》(17世纪，英国)

革命让剧场关张

莎士比亚生活的时代，是英国戏剧的黄金时代。一座伦敦城，有许多露天剧场和室内剧院。到了夜晚，剧院门前灯火辉煌，车水马龙，每天都像过节似的。

可是莎士比亚死后三四十年，光顾伦敦的人会发现，那儿的剧院一家家都关了门。入夜时分，街头路静人稀，只有路灯发出昏黄的光，照着偶尔路过的马车和行人。——这又是怎么回事？原来英国发生了革命。

这场革命由1640年——也就是莎士比亚逝世后二十几年发端，一直持续了半个多世纪。先是资产阶级掌握的议会，跟代表贵族利益的英王明争暗斗，后来发展到真枪真炮动起武来。

英王查理一世被处死

到了 1649 年，英王查理一世被共和派砍了头。以后几经复辟与反复辟的较量，直到 1688 年，英国奠定了君主立宪的国体，资产阶级才算坐定了江山。

新掌权的资产阶级在宗教上属于清教徒，清规戒律很多，生活也比较俭朴；那套听歌看戏的贵族式生活，当然就不时行啦。繁荣一时的英国戏剧也鞠躬谢幕，告一段落。以后欧洲的戏剧中心转移到法国。这是后话，暂且不提。

不过英国资产阶级革命的浪潮中，也陶炼出革命的文人来。下面要介绍的弥尔顿，就是一名战士兼诗人。

眼盲心亮的弥尔顿

弥尔顿（1608—1674）出生在伦敦一个富有的公证人家庭。

弥尔顿

他自幼好学，二十四岁在著名高等学府剑桥大学获得了硕士学位。这以后，他便在幽静的乡下别墅潜心读书，胸中酝酿着一个大计划：想要创作出一部惊世之作来。为了增长学识，他周游欧洲列国。走到意大利时，听说国内爆发了革命，他便立刻回国，投入了战斗。

渊博的学识和奔放的革

命热情，使弥尔顿成了共和派倚重的喉舌。查理一世被送上断头台那会儿，全国上下人心惶惶：芸芸百姓砍了至高无上的国王的脑袋，开天辟地，哪有这个理儿？弥尔顿及时写出小册子《论国王和官吏的职权》，从《圣经》跟古希腊政治学里找出根据，说"君权民授"，处死暴君是老百姓天经地义的权利！这一来，人们心里都踏实多了。

以后王党又请出一位大教授，写文章为查理一世喊冤。文章是用拉丁文写的，看着唬人。弥尔顿也用漂亮的拉丁文写文章回敬，文中旁征博引，气势宏大。据说那位御用教授看了，竟气得一命呜呼，追随他的"先王"去啦。

由于操劳过度，弥尔顿患了眼疾，双目失明。后来查理二世复辟回国，对革命党掘墓鞭尸，进行报复，弥尔顿也被抓进监狱。多亏他的朋友从中疏通，他总算没被判刑。

当局命令把他写的书堆在绞刑架下烧掉，算是象征性地消灭了他的思想。——可思想这东西是消灭得了的吗？弥尔顿出狱后，搬到了伦敦乡下，从此深居简出，开始了另一种形式的抗争，其武器便是文学。

弥尔顿要动笔写他那部大著作，时间倒充裕，可他的眼睛却"不给力"。好在他有个好女儿，他的万行史诗《失乐园》《复乐园》以及诗剧《力士参孙》，就全是凭他口授，由女儿记录下来的。

《失乐园》与《力士参孙》

《失乐园》是弥尔顿最重要的作品。全诗共分十二卷，借

《失乐园》插图

《圣经》里亚当、夏娃偷吃禁果的故事加以铺陈抒写。

天使的头头儿卢西弗因嫉妒上帝倚重耶稣,率领众天使造反;结果被上帝打入地狱,变作了魔鬼之王——撒旦。撒旦贼心不死,听说上帝要创造一个人类新世界,便计上心来。他悄悄来到伊甸园,潜入一条蛇的体内,诱惑夏娃偷吃了禁果,导致亚当、夏娃被逐,失去了往日的乐园。

自从《失乐园》问世,人们一直在争论:诗中的主人公到底是亚当、夏娃,还是魔王撒旦?那个反叛之神身躯魁伟、背生肉翅、手持长矛、肩扛巨盾,简直就是力量的化身。他公然跟上帝对抗,即便在地狱的火海里,还鼓动伙伴们牢记仇恨,东山再起。这如同隐居荒村的诗人,在倾吐自己的心声呢!诗中描写的战争场面极为壮观,双方还动用了火枪火炮,让人不禁联想起前不久的那场革命。

《复乐园》《力士参孙》跟《失乐园》一样,也是取材于《圣经》。《复乐园》写耶稣到人间为人类赎罪的故事,《力士参孙》则是一出充满力量的悲壮诗剧。

犹太大力士参孙在抗击非利士人的战斗中屡建功勋。敌人没

以《力士参孙》为题材的绘画

法子战胜他，便用金钱收买他的妻子，探听到参孙力大无穷的奥秘。原来参孙的力量全都来自他的头发。于是非利士人乘他睡熟，剃掉他的头发，还弄瞎他的双眼，把他捉去做苦工。

失去了自由和光明，参孙痛苦万分，但他的意志并没有消沉。在一次宴会上，敌人逼他表演武艺，他便咬牙躬身、使出撼山的力气，撼动了大厅的巨柱。只听轰隆一声巨响，墙倒屋塌，参孙跟敌人同归于尽。这一次他杀死的敌人，比他活着时杀的还要多！

这个双目失明的被囚英雄，不正是诗人自己的化身吗？写这部诗剧时，诗人已经六十岁了。他目盲体衰，可笔底的诗行，却蕴藏着巨大的力量。大概他也有心像参孙那样，跟敌人来一次最后的决斗吧！

弥尔顿死于1674年，他到底没能看见英国资产阶级革命的最后成功。不过他的作品却给人们鼓了劲儿。据说他的作品销路比莎士比亚的剧本还要好,他在英国诗人中,也被排在仅次于莎士比亚的位置上。

二六、高乃依、拉辛和拉封丹
(17世纪,法国)

古典主义:给剧作家立"规矩"

17世纪时,与英国隔海相邻的法国,文坛正被崇尚古典的风气笼罩着。法国资产阶级的脊梁此刻挺得还不够直,国王的宝座坐得还很稳。路易十三做君主时,有个叫黎希留的枢密大臣,筹建了法兰西学士院,在全国挑选了四十位文化名流做院士。这以后,学士院俨然成了推行官方文化政策的衙门啦。学士院的意见,也成了法律和圣旨!古典主义就是在学士院的倡导下兴盛起来的。

怎么叫古典主义呢?它的主旨是维护王权、崇尚理性、模仿古人。当然,底下的清规戒律还多着呢。例如写剧本吧,学士院就规定了"三一律"——也就是三个"一":一个剧本只能有一个情节,剧情只能发生在同一地点,时间不能超出一昼夜。并说这是古希腊亚里士多德立下的规矩。其实呢,这是歪理。

有个法国剧作家高乃依,写了一部戏剧《熙德》。戏写得很精彩,只因没照描"三一律"的葫芦,结果让学士院的老爷们好一通训斥。从此,谁也不敢轻易无视这套紧箍咒啦。

高乃依名剧《熙德》

高乃依（1606—1684）出生在法国鲁昂一个法官家庭，从小在教会学校念书，是个常常得奖的好学生。后来他攻读法律，当了律师，不久又在法院里谋了个职位。搞文学创作，只能算是他的业余爱好。

前面提过西班牙的英雄史诗《熙德之歌》，高乃依的这部《熙德》，就是受它启发创作的。

在卡斯第王国，有个出身高贵的勇士叫堂罗狄克——在英雄史诗中，他的名字被译为罗德里克。他爱上了贵族小姐施曼娜。两人门当户对、郎才女貌，很是般配。可是双方家长却因官位升迁的事闹起纠纷来。施曼娜的爹爹当众打了堂罗狄克的老爹一个嘴巴。堂罗狄克虽然爱着施曼娜，可为了家族的荣誉，不得不强压着感情，提剑杀了未来的岳父。结果亲家没做成，两家人反目成仇。

施曼娜赶到王宫，求国王替死去的爹爹做主，追捕并处死堂罗狄克。堂罗狄克根本就没想跑，他亲自登门向施曼娜请罪，表白自己的爱丝毫没变；只求施曼娜杀了自己，也好让自己解脱。其实施曼娜内心也依旧爱着他，又怎么忍心杀他呢？堂罗狄克只好趁夜色逃出了仇家。

正在此时，城中大乱。原来摩尔人来偷袭京城。堂罗狄克怀着必死的决心，率领五百壮士慷慨赴敌，一战生擒了摩尔人的酋长。敌酋佩服堂罗狄克的勇猛，连称"熙德，熙德"——意思是"我的主人"。

《熙德》插图

国王也十分赏识这员勇将,有心撮合他跟施曼娜的好事。他先试探施曼娜,谎称堂罗狄克已经阵亡。姑娘听了,立刻晕了过去。可明白真相后,做女儿的道义责任,又压倒了对心上人的万般柔情。她要求武士跟堂罗狄克决斗,说谁赢了就嫁给谁。堂罗狄克表白说:自己早就打算一死了之,上了决斗场决不还手!姑娘听了这话,反而责备他没有勇气、不珍惜荣誉,又鼓励他只许赢、不准输。

一场激烈的决斗好不容易结束了,献上来的,却是堂罗狄克的宝剑。施曼娜以为心上人已死,悲痛万分。她哪知道,堂罗狄克恰恰是这场决斗的赢家。在国王的主持下,他俩举行了隆重的婚礼,一对咫尺天涯的恋人,终于走到了一块儿。

前边说过,古典主义总强调理性,这出戏就是个最好的例子。论感情,这一对青年可以说是生死不渝了,可偏偏又有家族的荣誉、爹爹的冤仇、国家的利益一大堆理性的东西纠缠在里面，几乎要把一对恋人的心撕裂。虽然最后的结局是喜剧式的，人们还是习惯把这出戏称作古典主义悲剧的代表。这以后，高乃依接受了"三一律"，并当选为学士院的院士。——可他再没能写出这么出色的剧本来。

法国的观众忘不了《熙德》，遇上什么美好的事，总是这么打比方：瞧，美得跟《熙德》似的！后来有个年轻戏剧家拉辛跟高乃依打擂台，结果拉辛的剧本压倒了这位前辈。可是人们怎么评论拉辛剧本上演的盛况呢？他们说：这让人想起当年《熙德》演出的情景来。——人们还是忘不了高乃依这位古典主义的奠基人啊。

《昂朵马格》：拉辛悲剧更动人

拉辛（1639—1699）也是古典主义剧作家。他从小死了爹娘，是跟着奶奶长大的。他在一所修道院里读书时，就迷上了古希腊的文学。他的悲剧《昂朵马格》《菲德拉》等，就是从希腊史诗和神话中取材的。

《昂朵马格》也有译作《安德罗玛克》的。——还记得《荷马史诗》中的特洛伊大战吗？伊利昂城的英雄王子赫克托尔战死后，他的寡妻昂朵马格连同儿子被爱比尔国王皮吕斯掠去。皮吕斯看上了这个漂亮的女俘虏，一个劲儿向她献殷勤，反而把自己的未婚妻爱妙娜冷落在一旁。爱妙娜的忌妒，可想而知。

希腊其他城邦听说皮吕斯保护着赫克托尔的亲眷，都心怀恐惧，便派奥赖斯特做特使，要皮吕斯交出赫克托尔的儿子，以求斩草除根。谁知特使提出的要求，倒成了皮吕斯要挟昂朵马格的筹码。他说只要昂朵马格答应嫁给他，他不但能保护她的儿子，还能替特洛伊人报仇，让她儿子重登王位；若是不答应，她儿子可就性命难保啦！——这可难坏了昂朵马格：她既不愿背叛丈夫，又难以割舍孩子；可是孤儿寡母的，又有谁能帮助她呢？

昂朵马格不愧是英雄的妻子，她打定主意：先答应嫁给皮吕斯，等皮吕斯在结婚典礼上宣誓做她儿子的保护人，她就自杀身亡，保住自己的节操。

再说希腊使者奥赖斯特，他巴不得皮吕斯娶了昂朵马格。原来他是爱妙娜的旧情人，如今还迷恋着她呢。皮吕斯若娶了昂朵马格，爱妙娜不就是他的了吗？

其实爱妙娜的一颗心全在皮吕斯身上；对奥赖斯特，她只是假意应付，因为她还用得着他。这会儿听说皮吕斯要跟昂朵马格结婚，她立即召来奥赖斯特，要他带兵去杀掉皮吕斯！奥赖斯特开始还犹豫，可听爱妙娜说事情一完便跟他走，便一口答应了。

正当皮吕斯为昂朵马格戴上王冠，又宣布她的儿子为特洛伊国王的当口，奥赖斯特带兵赶来，把皮吕斯杀死在祭坛前。爱妙娜听到消息，忽然又发疯似的责骂起奥赖斯特来，接着就跑到宗庙里，拔出短剑自刎，倒在皮吕斯的尸体旁。

奥赖斯特呢，他有辱希腊的使命，又犯下弑君之罪，眼看情人已死，又听说民众纷纷赶来为国君报仇，他顿时两眼发直，发了疯……

《昂朵马格》被人称作法国头一部规范的古典主义悲剧。剧中的昂朵马格是个情感专一、意志坚强的女性，凭着坚贞和智慧，应付了复杂的局面。她的所作所为，既合"情"又合"理"，这也正是古典

拉辛像被铸在钱币上

主义称颂的最高境界。而皮吕斯、爱妙娜和奥赖斯特呢，他们只顾放纵情欲，全不管国家的利益、做人的道德、为臣的责任，他们的可悲下场，全是咎由自取！

拉辛和高乃依都是写悲剧的好手。高乃依擅长写英雄，诗句音调铿锵、气势豪壮。拉辛更善于解析人物心理，文笔细腻、委婉，富于抒情味道。两人可以称得上是古典主义悲剧的双雄了。

走进拉封丹的寓言世界

法国还有一位文学家拉封丹（1621—1695）也写过戏剧。不过他写得最好的还是寓言诗。他一生发表了十二卷寓言，加起来有二百四十多则，大多是从希腊、罗马以及印度的寓言中取材创作的。

寓言的主角，有不少是动物，照拉封丹的说法，这是"使

唤动物教训人类"。有一则《患瘟疫的野兽》,写野兽中间瘟疫蔓延,狮子大王让众兽忏悔,然后挑出罪大恶极的杀掉,以求上天宽恕。狮子大王带头坦白,说自己吃过很多无辜的羊。好拍马屁的狐狸马上说,羊是大坏蛋,大王吃它,是给它面子哩。当然,依此类推,老虎和狗熊也都清白得很。最后轮到驴子忏悔,它说有一回饿了,偷吃了一口青草。大家立即群起而攻之,说它才是罪大恶极,最终把它送上了绞架。——你们看,这不是挺耐人寻味的吗?

还有一则《两个谋熊皮的伙伴》,讲一对伙伴梦想发财,于是向人许诺,要卖一张熊皮给人家。讲好价钱后,两人便来到森林中猎熊。可当一头熊真的走来时,其中一人迅速爬上了树;另一人见无路可逃,只好躺下装死,因为他听说熊只吃"活食"。果然,熊将他翻过来,又嗅了嗅,就径自走开了。树上的伙伴下来问他:"熊跟你讲些什么?"这位回答:"熊说千万别试着去卖一张还没到手的熊皮,尤其是那熊还活着。"——这则寓言在流传过程中又出了新版本,伙伴的回答变成:"熊告诉我:千万别跟危难时抛弃伙伴的人交朋友!"

拉封丹寓言插图

拉封丹本人拥护古典主义，自己也常常在贵族的客厅里进进出出。他的寓言诗，也应归在古典主义文学一类吧。

二七、喜剧大师莫里哀（17世纪，法国）

"不走正路"的莫里哀

拉封丹的朋友中有不少文学家，最有名的两位是拉辛和莫里哀。莫里哀在戏剧上的成就，又远超拉辛。加上高乃依，这三位被称为法国古典主义戏剧的"三杰"，莫里哀则是"三杰"中的领袖！

在莫里哀之前，戏剧舞台上以悲剧为正剧。所谓喜剧，不过是

莫里哀

幕间休息时插科打诨的闹剧。真正使喜剧成了气候的，便是莫里哀。

"莫里哀"只是艺名，他的真名叫让·巴蒂斯特·波克兰（1622—1673）。他天生是演戏、编戏的料儿，热爱戏剧，如同

着了魔。他爹是个商人，靠着给皇家搞装修赚了大钱。爹爹一心要把儿子培养成"上等人"，不但送他进贵族子弟学校，还给他花钱买了法学硕士的头衔和律师的职位。

可莫里哀是个扶不上墙的"浪子"，放着"正道"不走，偏要跟身份低贱的戏子们搅到一块儿。二十一岁那年，他索性把长子的世袭权利让给弟弟，自己摆脱一切俗务，一门心思去搞心爱的戏剧！

他跟几个志同道合的伙伴筹建了一个戏班，取名叫"光耀剧团"。可这个剧团没给他们带来多少"光耀"，没出两三年，剧团已经负债累累，办不下去了。莫里哀也因债务缠身，被送进了监狱。

多亏爹爹花钱把他赎出来。可没出一年，莫里哀又跟着另一个戏班子去了外省，这一去就是十二年！

十二年的外省演出生活造就了这位伟大的戏剧家。当他再回巴黎时，他的艺术才能已经成熟啦！

喜剧险遭禁演

回巴黎后头一个引起轰动的剧本就是《可笑的女才子》。那是讽刺附庸风雅的资产阶级的。

有两个挺不错的小伙儿，向两位自命风雅的小姐求婚。可他俩笨嘴拙舌的，没学会贵族沙龙里拿腔作势的谈吐和风度，当然都遭到了拒绝。

两人一生气，决计来个小小的恶作剧。他们派两名仆人装扮成侯爷模样，到小姐的沙龙里高谈阔论，信口胡扯。小姐们觉着这回是遇上知音了，不觉笑逐颜开。就在这时，两个小伙子走进来，当场拆穿了"西洋镜"；两位"女才子"只恨找不着地缝钻进去！

戏上演后，观众看得别提多开心了。可自命风雅的贵族们却有点儿脸上挂不住，于是抬出一位权威人物下令禁演。不过国王路易十四却觉着戏挺好，所以最后还是开了禁。

没隔几年，莫里哀的另一出喜剧《太太学堂》又引起了争论。这出戏写一位有钱的阿尔诺耳弗先生，打算亲手培养出一位如意太太来。他从乡下买了个只有四岁的女孩儿，把她搁到一家修道院里，指望着经过修道院的教育，把她变成只知祷告、爱丈夫和做缝纫的理想妻子。可是结果呢，阿先生的用心和修道院的教育全白费啦。十三年后，姑娘被接出来没几天，就爱上了一个年轻小伙儿，最终两人结为连理。

这出戏等于攻击教会，那意思是告诉人们：修道院是个把正常人变成白痴的地方！至于妇女的权利和地位，也由此引起人们的深思。贵族跟教会为此大动肝火，莫里哀也陪着打了好一阵笔墨官司。

《伪君子》：撕掉"圣人"的面具

接下来就要说到那出最著名的喜剧《伪君子》了。

巴黎有个大富商叫奥尔贡，人不错，只是头脑简单，认定的事就一条道儿走到黑，不听人劝。有一回，他从街上领回一个苦行僧。那人衣衫褴褛，光着脚丫，跟个叫花子差不了多少。此人叫达尔丢夫。

在奥尔贡看来，达尔丢夫简直就是大圣人。别的不说，就说他对宗教那股虔诚劲儿吧：每天祈祷上帝，一跪就是半天；一会儿低头沉思，一会儿又长吁短叹，还一个劲儿去亲吻地面。奥尔贡给他零花钱，他全都布施给穷人，自己只留一丁点儿。平日哪怕捻死个跳蚤，也要自责半天，说自己罪孽深重。

奥尔贡对他崇拜得五体投地，把他当成活神仙供在家里，称他为"良心的导师"。奥尔贡若是出远门，回来后一不问妻，二不问子，先要问上四五声："达尔丢夫先生怎么样啦？"在他看来，达尔丢夫的一举一动，都是那么神圣！

其实全家人——除了奥尔贡跟他老娘外，早就看出来达尔丢夫是个十足的伪君子、大骗子！他一天到晚什么都不干，胃口倒挺好。虽然吃饭时恭恭敬敬，不失教徒的虔诚之态，可一顿要吃两只烤鹌鹑，外加多半条小羊腿。然后他便倒在床上呼呼大睡，早上起来还要喝四大杯葡萄酒。如今他吃得白白胖胖、满面红光的，哪像个苦行僧啊！

爱丽米是奥尔贡的续弦夫人，她见丈夫鬼迷心窍，还逼着亲生女儿嫁给达尔丢夫，就趁没人的时候，劝达尔丢夫别应这门亲事。不料达尔丢夫早看上这位年轻漂亮的主母了，竟抓起她的手，向她求爱！

这情形可是全让奥尔贡的小儿子看见了，他当面责骂达尔丢夫，并去向父亲告状。可奥尔贡宁愿相信达尔丢夫的话，反把儿子赶出家门，把他应当继承的那份儿家产全都送给了达尔丢夫。

爱丽米眼见丈夫执迷不悟，就想出一条妙计。她让丈夫藏在桌子底下，然后把达尔丢夫叫了来。奥尔贡亲眼看见达尔丢夫的丑恶面孔，这才如梦初醒。他愤怒地要达尔丢夫滚出家门，可达尔丢夫说什么？——"要滚的恰恰是你！"因为奥尔贡已把全部财产赠给了这个恶棍，这家的主人，早已换成达尔丢夫啦。

《伪君子》插图

这还不算，这个恶棍还向国王告发，说奥尔贡曾替一个政治犯保存过文件。没等奥尔贡逃走，达尔丢夫已带着侍卫官出现在他面前。达尔丢夫命令说："把这个卖国贼抓起来！"没料想，侍卫官抓起来的却是达尔丢夫。——原来国王早已明察秋毫，他饶恕了奥尔贡的过失，最终惩治了达尔丢夫这个十足的伪君子！奥尔贡除了感谢圣恩，还有什么可说的呢？

扒不掉的教士黑衣

说起来，达尔丢夫的看家本领，除了假虔诚外，就是干坏事时总能找出神圣的借口。当他无耻地向爱丽米求爱时，他怎么说

莫里哀戏剧人物造型

呢?他说:"您可是上天创造的奇迹,看见您那美丽的脸庞,我就不能不赞美造物主,您就是造物主最美的自画像……我将永远供奉您,虔心地礼拜,没有第二个人能比!"不知道的,还以为他是在唱宗教赞美诗呢。

一个苦行僧,又怎么能接受人家大笔财产呢?他也振振有词:"这份财产若是落在歹人手里,不定在社会上怎么胡作非为呢!谁会像我这么心地善良,把它用在上天的荣誉和世人的福利上呢。"——这也难怪奥尔贡要受骗了!

其实达尔丢夫的伪善嘴脸也不难识破。他头一回见着女仆桃丽娜,就掏出一块手帕说:"你那胸脯露得太多啦,让人看了会产生邪念的,快用这个遮上点儿吧!"据说戏演到这儿,观众总是哄堂大笑。大家明白,是他自己心里不干净,才会产生这样的念头。

《伪君子》是在凡尔赛宫的盛大游园会上首次演出的,只演了一场,就受到教会的猛烈攻击。王太后也出面支持教会,路易十四只好下令停演。巴黎大主教还贴出一张告示,说不论是谁,别说看戏,就是听听剧本朗诵,也要被开除教籍!

教会干吗这么暴跳如雷呢?因为这出戏里讽刺的,正是教会中大大小小的"达尔丢夫"啊。甚至还有人指出,达尔丢夫身上,就有某某修道院院长的影子。——教会又怎能容忍公然在戏台上剥他们的伪装?

莫里哀没有低头。他三次上书向国王要求开禁,前后奋斗了五年,还为此大病了一场。后来戏总算是开了禁,可舞台上的达尔丢夫却脱下教士的黑衣,改成了俗人的身份。——然而在观众的心中,他那身教士的黑衣脱得掉吗?

《悭吝人》:为"抠门儿大家"立传

就在《伪君子》被禁演的当口,莫里哀还写出另一部喜剧《悭吝人》——也有译作《吝啬鬼》的。说的是个放高利贷的老头,名叫阿巴贡。他的抠门儿算是到了家。他有万贯家财,还整天扒拉着铁算盘。他早安排好啦:让儿子娶个有钱的寡妇;女儿呢,嫁个不要陪嫁的老爵士。自己虽然年事已高,却要娶个不用花钱的漂亮姑娘。其实他不知道,那姑娘正是他儿子的心上人。

儿子正准备借一笔"印子钱",带上心爱的姑娘远走高飞。可是他最终发现,黑心的放债人原来就是自己的父亲!阿巴

《悭吝人》剧照

贡的女儿其实也早有了意中人，就是那位为了寻求爱情、投奔他家做管家的小伙子。

阿巴贡给女儿选定的老爵士来相亲，见面一谈才知道，他就是年轻管家与儿子未婚妻的亲爹！一家人失散多年，最后跑到这儿团聚来啦。最终还是老爵士答应出钱出物，抠门儿鬼阿巴贡才答应让两对年轻人结为连理。

可以说，贪财、吝啬是阿巴贡最大的性格特征。为了钱，他费尽了心思：他克扣子女的花销，吞没亡妻留给孩子的遗产。他请客，能用八个人的饭菜招待十个人。儿女成亲，他非但不出一个子儿，还讹着亲家给他做身儿礼服。他最恨的就是人家伸手朝他要钱，那就像抽他的筋、刺他的心、挖他的五脏！

在跟儿子闹矛盾时，儿子偷去了他埋在花园里的一万块钱，这下可是要了他的命啦，听听，他在喊呢：

  抓贼，抓贼！抓凶手，抓杀人犯！王法啊，上天啊，我可完啦，叫人暗算啦，叫人抹了脖子啦，叫人把我的钱偷啦！……我可怜的钱，我的好朋友，既然你给抢走了，我也就没了依靠，没了安慰，没了欢乐，什么都完啦！……我再也无能为力啦，我在咽气，我死啦，叫人埋啦……我要上告，要拷问全家大小：女用人、男用人、儿子、女儿，还有我自己！这么多人，我看谁都可疑，全像偷我钱的贼！……我找不着我的钱，跟着我就上吊去！

这出戏，把那些唯利是图、爱钱如命的资产者挖苦坏啦。阿巴贡这个形象，也成了法国文学中最著名的典型形象之一。

倒在《无病呻吟》的舞台上

《司卡潘的诡计》是莫里哀又一部重要喜剧。司卡潘是个身份低贱的听差，可聪明机智，远远超过他的主人。他帮小主人赖昂德和赖昂德的好友奥克达弗成就了各自的婚事，又替两位少爷从他们的商人爹爹那儿骗了不少钱财，靠的全是他的三寸不烂之舌和一肚子"诡计"。

赖昂德的爹爹骂了司卡潘，司卡潘就设圈套捉弄他，说仇家正在寻他，让他钻进口袋里躲一躲。待老爷子钻进去，司卡潘又假称仇家已到，把老爷子痛打了一顿。

当然，他的诡计全都露了馅儿，最后他是让人抬着出场的。他的脑袋给锤子砸开了花，他是在临终前来寻求宽恕的。两位老爹因为家中正逢喜事，也就宽恕了他。他却一跃而起，原来他根本就没受伤，这又是他的一条诡计呢！

这出戏上演后，

《无病呻吟》剧照

又引起一场不大不小的风波。因为在当时那个等级森严的社会里，让一个仆人在戏台上捉弄主人，实在是尊卑颠倒、有失体统！有位学士院的院士还特意写信给莫里哀，要他少跟民众"瞎掺和"。

莫里哀跟王室的关系一直不坏，国王路易十四十分欣赏这个才华横溢的"戏子"，多次在论争中支持他，还把他的剧团收为"国王剧团"，并发给年金。可是莫里哀的讽刺锋芒越来越让贵族们受不了，渐渐地，国王跟他的关系也疏远了。他的最后一出喜剧《无病呻吟》本打算献给国王的，最终却决定在民间演出。

在戏里，莫里哀亲自登台，扮演主角。这会儿他已五十多岁，还患着严重的肺病。演出前，他的妻子和朋友都劝他别再登台了，他却说：台前台后五十多张嘴全等着吃饭哪。

他扮演的是个没病装病的角色，观众见他一会儿皱眉，一会儿咳嗽，都为他的逼真表演叫好。他们哪儿知道，病痛真的在折磨着这个剧作家！

有人说，他最终倒在了舞台上。也有人说，他坚持到戏的终场。总之，几个小时后，一代伟大的喜剧家，因病入膏肓、咯血不止，就那么悲剧式地离开了人世！

"我们的光荣里却少了他"

据说德国大诗人歌德每年都要读几本莫里哀的剧本，为的是让自己经常接触美好的东西，受到诗人那自然而高尚的心灵的熏陶。

歌德还说，每次读莫里哀的作品，总能发现新的、让人惊奇的东西,并说没人能模仿莫里哀——没有胆量去模仿他。法国人一提起莫里哀,也总爱拿"无法模仿的莫里哀"来称呼他。

巴黎法兰西喜剧院建院三百多年,单是《伪君子》一剧,就演出了近三千场,因此人们习惯上把这座剧院称为"莫里哀之家"。

然而莫里哀刚刚去世时,情况却不是这样。天主教不准为他举行葬礼,墓地也不给他一

莫里哀时代的舞台人物

块。闹得连路易十四也觉着这样太过分了。最终巴黎大主教总算点了头,准许他在天黑后下葬,而且只准埋在一个小孩子的墓地。不久,他的坟就给平掉了。

莫里哀身后萧条,什么财产也没留下。可他为世界舞台留下了三十几部喜剧杰作,这可是无价之宝。传说路易十四曾问学士院的一位权威,在他统治期间,谁在文学上给他带来了荣誉?那位权威回答说:莫里哀!

后来,本不愿承认一个"戏子"巨大成就的法兰西学士院,也不得不给莫里哀立了一尊雕像,下面刻着:"他的光荣什么也不少,我们的光荣里却少了他!"

二八、鲁滨孙、格列佛的漂流传奇
（17—18 世纪，英国）

人定胜天鲁滨孙

比莫里哀稍晚，英国也有几位小说家，分别写出传世之作。先说说那部著名的《鲁滨孙漂流记》吧。

有个雄心勃勃的年轻人叫鲁滨孙，他不甘心像他爹那样守着小家庭过安稳日子，只喜欢东游西闯，到处去冒险赚钱。有一次他乘船出海，中途遭遇风暴，满船人只活了他一个，孤零零爬上了一座荒岛。

《鲁滨孙漂流记》插图一

鲁滨孙并没绝望，他相信一条真理：呆坐着空想只能一事无成。他先是游到沉船上，搜罗到一批可以利用的东西，如枪支、火药、衣物、食品、工具……并不辞辛苦地把它们搬运到小岛上，接着就摩拳擦掌地干起来。

他替自己支了一顶保证不漏雨的帐篷，又拿木桩筑起一道结结实实的栅栏，还在岩壁上挖了个山洞，用来做仓库。

住的问题算是解决了。吃的呢?他打猎捉鳖,采摘野葡萄晾成干儿,又试着驯养野羊。有一回他在地上发现几株大麦苗,那是他为了腾空一个口袋,抖在地上的十几粒谷种长成的。经过几年的反复种植,他开始有粮食吃,还无师自通地学会了烤面包。现在,鲁滨孙有了一个富裕的小家园啦。他有两所住处,还有种植园和牧场。吃的、用的,一应俱全。

当然,他也没少吃苦受罪。他遇到过地震和天灾,得过可怕的疟疾,由于缺乏经验,还常常白费气力。有一回他花了半年工夫造了一条独木船,却因离岸太远,没法子让它下水……

可是他并不灰心,失败了就再干!他整天劳作,没有一刻空闲。这个小世界,完全是靠着他的一双手创造出来的。

故事发展到后来,鲁滨孙还收留了一个当地土人,取名叫"星期五"。他又帮一位美国船长降伏了哗变的水手……最终他结束了二十八年的荒岛生活,重回人类社会。

"现代新闻报道之父"笛福

《鲁滨孙漂流记》的作者是英国作家笛福(1660—1731)。他是个屠宰业老板的儿子,没正经上过大学,年纪轻轻便操持买卖。可后来赔了本,他不得不绞尽脑汁到处赚钱还债。将近四十岁时,他开始写书、办杂志。

笛福笔头很快,据说他同时为二十六家杂志撰稿,先后出版过二三百个小册子。——不过他的名字所以能家喻户晓,还是由于这部《鲁滨孙漂流记》。

《鲁滨孙漂流记》插图二

笛福在书中特别强调理智的作用。譬如主人公鲁滨孙在荒岛上坚持记日记,用来鼓励自己。身处绝境时,他总能冷静地权衡利弊,一条条进行分析。往坏处想,自己被困荒岛,看不到重返家乡的希望;好处呢,则是自己还活着,不像同船的伙伴已经被水淹死了。坏处是与人世隔绝,像是流放犯;好处是至今还没被饿死。坏处是没有衣服穿;好处是身处热带,有衣服也穿不着……

读者从这个冒险家的身上,看到了人的力量。这个"人",不再是中世纪听天由命、受人愚弄的小百姓;而是有手有脑、为着信念焕发出全部才智和力量的新型的人!——鲁滨孙的形象鼓舞了为发财致富而奋斗着的人们,据说当时很多人的枕头底下,都压着一本卷了角儿的《鲁滨孙漂流记》!

笛福的另一部小说《摩尔·弗兰德斯》,写一个"荡妇"的故事。那是个女贼的女儿,出生在监狱里。她这一辈子,处处被人欺骗、抛弃,她也到处骗人、偷窃。可她的本性却始终是天真的、善良的。

笛福的小说，多半都有根有据。譬如《鲁滨孙漂流记》就是根据真人真事加工创作的。加上他在新闻界所做的卓越贡献，他被人们誉为"现代新闻报道之父"。

斯威夫特的"小人国游记"

几乎跟笛福同时的，还有一位小说家斯威夫特（1667—1745），他的那部《格列佛游记》，常被人称为"小人国游记"。这书写的也是个沉船幸存者的故事，但跟《鲁滨孙漂流记》的风格截然不同。

小说主人公格列佛是个外科大夫，为人正直善良。一次他乘船远航，轮船中途触礁沉没，格列佛只身一人游到岸上，昏昏沉沉地睡着了。等他醒来时大吃一惊：他已被从头到脚捆在地上，稍一动弹，就有无数小箭向他猛射！原来他已成为小人国的俘虏，那里的人只有几寸高！

小人儿们用了一千五百匹马，才把格列佛这个庞然大物拉到京城，献给国王。老百姓都跑来看这个巨人，那情景真是热闹极了。

《格列佛游记》插图一

后来格列佛帮助小人国抵御另一个小人国的侵略，他一个人冒着箭雨，把对方的五十艘战舰一下子都拖了过来！可是后来小人国要借助他的力量去侵略对方，格列佛却出于正义，不肯帮这个忙。他最终投奔了对方，在几千军民的帮助下，修好一条救生艇，又带了一群小牛小羊做食物，平安回到了英国。

其实这部饶有趣味的小说是一部政治讽刺小说。例如在小人国里，挑选官员的标准，是看他能不能在悬空的绳子上跳舞。至于党派之间的争论，是由该穿高跟鞋还是矮跟鞋引起的。而两国间的战争，则发端于一场吃鸡蛋先敲小头还是大头的争论！——现实社会的党派之争、国家不和，常常也是由一些鸡毛蒜皮的小事引发的啊。

《格列佛游记》插图二

故事到这儿还没完。格列佛后来又几度出洋，到过大人国、飞岛、巫人岛、马国等。大人国的国民有教堂塔尖儿那么高，格列佛被一个农夫捡去后，就睡在洋娃娃的摇篮里。农夫还把他带到各地去展览，最后又把他卖给了皇家。

格列佛沾沾自喜地向大人国国王介绍英国的制度和历史，国王却说，你们英国近百年的历史，不过是一大堆的阴谋、反叛、暗杀、屠戮和摧残罢了!

格列佛最后到了马国。刚一到那儿,他就受到一群四肢着地的人类的攻击。幸亏来了一匹马,才替他解了围。原来在这个国家,马才是有理性的高尚动物,"人"则是一群毫无灵魂的畜生!

格列佛向马讲述了英国的情况:女王是如何奢侈,人民是如何悲惨,首相是多么卑鄙无耻,律师又怎样颠倒黑白……马听了说:你们的所谓"理性",只能助长罪恶!

后来格列佛回到英国,见到人就反胃,相反,跟马倒觉着挺亲……

《格列佛游记》的作者斯威夫特本来就是位政论家。他出身贫苦,落生前七个月父亲就故去了。他年轻时在柏林大学读过书,后来做了英国首相的亲信,还常替女王起草讲演稿。

他一生廉洁,两袖清风。有一回,首相送他五十英镑,作为文稿的报酬。他却发起火来,把钱退了回去,说自己不是受人雇佣的文人墨客。因此,尽管不少官僚巴结他,他仍然清贫如洗。——看来,他笔下正直耿介的格列佛,便有着他自己的影子呢。

二九、理查逊与菲尔丁(17—18世纪,英国)

鸿篇巨制《克拉丽莎》

英国此时的小说家还有一位理查逊(1689—1761)。他从小家境贫寒,先是到工厂当学徒,由于头脑聪明,后来自己办起

理查逊

印刷厂。他的小说《帕美勒》,被文学史称为第一部现代英国小说。

帕美勒是谁?她是个年轻的女仆,男主人毕先生千方百计追求她。她虽然心里也喜欢这位年轻的主人,可又知道应该如何保持自己的尊严。她这样做,反而赢得了主人的敬重。两个人"发乎情,止乎礼",终于正式结合。——小说采用了书信体形式,把这个下层姑娘的坚强性格和复杂感情描摹得十分生动。

理查逊的另一部小说《克拉丽莎》,创造了英国小说篇幅的最高纪录——足足有一百万字!小说写的是天真的姑娘克拉丽莎在家中备受虐待,又被逼着嫁给一位有钱的先生。她瞅个空儿跟着贵族青年洛夫莱斯逃出了家门,洛夫莱斯本来是她姐姐的未婚夫。

洛夫莱斯乘人之危,玷污了她,又逼她跟自己结婚,克拉丽莎骄傲地拒绝了。她买了口棺材,在棺材的铜板上写上她离家出走的日子,她认为从那时起自己就算是死了。等家里人后悔不迭,写信来安慰她时,她已经宽恕了一切人,离开了人世。——后来还是她那当军官的表哥跟洛夫莱斯决斗,替这可怜的姑娘报了仇!

这本小说依旧采用书信体。尤其是写到克拉丽莎决心一死那一段,让人读了悲从中来。有位贵妇人就承认:我看不起理查逊这个人,可我却迫不及待地要读他的书,甚至读着读着,还掉下眼泪来。——这就是艺术的魅力呀！

据说法国作家卢梭的《新爱洛绮丝》、德国作家歌德的《少年维特之烦恼》，都直接或间接受了这部书的影响呢。

菲尔丁：舞文弄墨的警察厅厅长

在这一时期的杰出小说家里，还有一位菲尔丁（1707—1754），他自称有许多老师：阿里斯托芬、塞万提斯、拉伯雷、莫里哀、莎士比亚、斯威夫特……从老师看学生，我们知道他是倾向于幽默、讽刺的这一派。

菲尔丁出生在一个没落的贵族家庭，曾在荷兰莱顿大学读书，但因生活所迫，中途辍学到伦敦去寻出路，并开始写剧本。后来他从妻子的陪嫁里继承了一座小剧场，写剧本更成了他的专业。

他写了不少政治讽刺剧。例如其中一部戏写政府官员们讨论如何弄钱。有人建议征收"知识税"，另一个反对说：有知识的人能有几个呢？若是征收"无知税"，倒可以大发一笔！剧中还描写货物大拍卖的情景：一件"政

菲尔丁小说插图

治上的诚实"只卖五英镑。另一件更惨:一颗"良心"只卖一先令!——这可是直接讽刺统治者啊!

不久,他的剧场被封了门。菲尔丁于是转而办杂志、学法律,后来当上律师,还担任过第一任伦敦警察厅厅长,训练了最早的一批警探。遍观世界文坛,"舞文弄墨"的警察厅厅长,他大概要算独一份儿了。

菲尔丁还写过长篇小说,如《大伟人江奈生·魏尔德传》和《阿米丽亚》,都是抨击社会的作品。他也因在小说上的成就,与笛福、理查逊同被誉为英国现代小说的三大奠基人。

《汤姆·琼斯》:"小说里的荷马史诗"

就来看看菲尔丁那部最有名的小说《汤姆·琼斯》,那是他在四十岁头上写的,书名又译作《弃婴汤姆·琼斯的故事》。

不错,汤姆·琼斯是个弃儿。——乡绅奥武绥从伦敦回到乡下,意外地发现自己床上放着个婴儿。奥先生收养了这个没爹没娘的孩子,给他取名儿叫汤姆·琼斯。后来奥先生的妹妹生了个男孩儿布力菲,也送到舅舅这儿一块养着。

小汤姆是个诚实、豪爽的孩子,虽说有时做事有点儿不靠谱,可心地却是再善良不过。布力菲却正相反,嘴里净说漂亮话,却一肚子的阴险诡诈。结果呢,大家都说汤姆这孩子游手好闲、不可救药,布力菲倒成了品行端正的好孩子样板儿啦!

两个小伙儿不约而同爱上了邻家的女孩儿苏菲亚。有一回苏菲亚的马脱了缰,为了救她,汤姆的胳膊都摔断了!从此,这一对少男少女的心里,都种下了爱情的种子。——可苏菲亚的爹爹却不愿招一个弃儿做女婿,老头儿看上了布力菲。

布力菲明白,姑娘的心里根本就没他!出于嫉妒,他便在舅舅跟前说汤姆的坏话,说是老爷子生病时,汤姆又喝酒又唱歌的,别提多高兴啦。奥先生一生气,把汤姆赶出了家门。

根据《汤姆·琼斯》拍摄的电影海报

汤姆无家可归,开始到处流浪,途中经历了种种惊险。有一回,他从强盗手里救出一位沃斯特太太,谁知此人是个风尘女,两人来到一座旅馆里住下。刚好苏菲亚不愿跟布力菲成亲,瞒着家里逃了出来,也住在这家旅馆里。她听说自己所爱的人竟跟风尘女一块儿鬼混,一气之下,留下个字条儿,去了伦敦。

汤姆见到字条儿,后悔不迭,赶忙去追。他追到苏菲亚一位亲戚的家中,谁知那亲戚是个品行不端的贵妇人。她看上了汤姆这小伙儿,一个劲阻挠他跟苏菲亚和好,还变着法儿要把苏菲亚嫁出去。幸亏苏菲亚的爹爹赶来找闺女,贵妇人的阴谋才没能得逞。

这时汤姆却因在决斗中伤了人,被关进监狱。风尘女沃斯特太太来探监,汤姆的伙伴认出了她,原来她就是奥先生家的女仆珍妮，人们曾怀疑汤姆是她的私生子，因而把她赶出了村子。

奥先生这会儿带着布力菲来跟苏菲亚完婚。沃斯特太太，也就是女仆珍妮，向奥先生透露：汤姆其实是奥先生的妹妹同一个大学生的私生子。也就是说，汤姆跟布力菲本是同母异父的兄弟！其实布力菲早就知道这事，可他把娘临死时留下的遗书烧了！

此刻，汤姆冤情大白，已被释放出狱。奥先生宣布汤姆是自己的亲外甥，并立他为继承人。这回轮到阴险虚伪的布力菲被赶出家门了。汤姆跟苏菲亚历尽艰辛，终成眷属。结婚那天，邻里们全来祝贺，奥先生家一派喜庆欢腾！

在小说中，弃儿汤姆·琼斯是作者着意刻画的人物，他热情洋溢、血肉饱满，缺点跟优点一样可爱！——菲尔丁说，他是照着人的真性情去描摹这位年轻人的。而布力菲则恰好是汤姆的反面：利欲熏心却道貌岸然。有他反衬，更显出汤姆的真诚和厚道来。

后来的评论家称赞《汤姆·琼斯》情节完美，说它的结构是英国小说的典范。法国小说家司汤达评价更高，说《汤姆·琼斯》堪称小说中的"荷马史诗"！

三〇、"百科全书派"的精英们
（17—18 世纪，法国）

光明世纪，百科启蒙

法国国王路易十四（1638—1715）在历史上大大有名。他在位时推动法国工商业发展,干了不少好事。可是穷兵黩武、大兴土木的事也没少干。豪华无比的凡尔赛宫,就是他下令建造的。他还在法国实行专制统治,自称"朕即国家"。法国人称他为"太阳王",还把他统治下的17世纪称为"伟大的世纪"。

接下来的18世纪也有个特别的称号,叫作"光明世纪"。这可跟国王、贵族没啥关系了。"启蒙运动"在此刻勃兴,犹如一轮红日,照亮了法国乃至欧洲!

"启蒙运动"是指继文艺复兴之后,资产阶级掀起的又一场思想文化运动。启蒙就是要用知识和理性擦亮人们的眼睛,启发人们摆脱中世纪的蒙昧,走向光明。

资产阶级宣传家们提出人权的口号,打出"自由、平等、博爱"的旗帜,朝着封建势力和教会发动猛烈攻击。运动的中心在法国,打头儿的几位学者——伏尔泰、狄德罗、孟德斯鸠、卢梭等,十分羡慕英国革命后的国家体制。正赶上当时有位书

法国凡尔赛宫

商要把一部百科式的英国大辞典翻译成法文，狄德罗觉着这是个宣传主张、传播知识的好机会，就约请伏尔泰、卢梭等众多学者、科学家，共同编写一部《百科全书》。这些人因而成为启蒙运动的主将，被称作"百科全书派"。

孟德斯鸠的《波斯人信札》

"百科全书派"的这几位学者，同时又都是文学家。先说说孟德斯鸠（1689—1755）吧，他是贵族出身，继承伯父的爵位，做了男爵。他本人干法律这一行，有个法院院长职位，也是世袭的。后来他把这个职位卖了一大笔钱，经营起葡萄酒生意。

孟德斯鸠曾花了二十年的时间，写出一部法律专著《论法的精神》。书中称赞英国的君主立宪制，还提出"三权分立"的学说。也就是把立法、司法和行政彼此分开，让它们相互监督、制约，以保证公民的自由。他的这种学说，对后来的资产阶级政治影响很大。

书信体小说《波斯人信札》是孟德斯鸠的重要文学作品。书中借两位

《波斯人信札》中译本

波斯贵族之口，对巴黎的种种世态做了讽刺：官场上买卖官爵，贵族骄奢淫逸，社会上风气败坏、骗子横行，宗教生活黑暗、虚伪。——这些现象由局外人看去，显得格外荒唐。

在《波斯人信札》中，路易十四被称为"大魔术师"。说是倘若国库里有一百万块钱，而他要花二百万块，他只需告诉臣民"一块顶两块用"就是了。结果他的"魔术"搞得国库一空如洗，老百姓也都遭了殃。——其实这哪里是波斯贵族的见解呀，分明是孟德斯鸠本人对专制政体的批评！

孟德斯鸠的这两部书，在中国早就有了译本。清末思想家严复翻译了《论法的精神》，译名为《法意》。《波斯人信札》则是清末翻译家林纾翻译的，还取了个好听的名儿叫《鱼雁抉微》。

孟德斯鸠三十九岁时被选为法兰西学士院院士，这可是法国文人的最高荣誉了。不过"百科全书派"里获这个头衔的不止他一个，还有鼎鼎大名的伏尔泰（1694—1778）。

伏尔泰与《老实人》

法国和瑞士边境上有个小镇叫菲尔奈，伏尔泰晚年在那儿盖了一所大庄园，过着隐居生活。他把隐居的地方选在这么个偏僻的地方，是为了一旦官府来逮他，好立刻逃出国境。然而他一住下，国内外的信件便像雪片儿似的飞来。跟他通信的有七百多人，单是保存下来的信件就有一万多封。这个不起眼儿的小地方一时间成了欧洲的舆论中心，人们因此把伏尔泰尊为"菲尔奈教长"。

伏尔泰

说起来，伏尔泰可以称作法国启蒙运动的领袖和导师啦。他是一位巴黎公证人的儿子，自幼聪明过人，上学从不用功，成绩却出奇地好。后来他学习法律，先后当了外交官和史官，到过英国和德国。他考察了英国的政体，还研究了先进的哲学思想和物理学成就，之后便不断写书鼓吹自由思想，攻击法国封建势力及教会。官府恨透了他，可他在进步人士中的威信，却是越来越高。

在文学方面，伏尔泰写过诗歌、剧本，还有几部哲理小说：《查第格》《天真汉》以及最有名的《老实人》。

"老实人"没名没姓，住在一位德国男爵的府上。他头脑简单，心地善良，对府中教师葛罗斯佩服得五体投地。葛罗斯有一套高妙的理论，说是世上一切皆善，万事的结局必然美满。

可不久"老实人"就被赶出府去。因为男爵发现，这个平民出身的小伙儿，竟爱上了男爵小姐。这一回，"老实人"不愁没机会了解这个世界啦。他先是被抓了丁，在军队里挨打受罪，还亲眼看见军人屠杀、奸淫、掳掠等种种罪恶。后来他侥幸逃脱，又遇上形形色色的歹人、骗子，还差点儿被宗教裁判所当成异教徒烧死。他所爱慕的男爵小姐呢，由于战乱，家破人亡，最终成了个洗衣妇，早给生活折磨得不成样子啦，可"老实人"

最终还是娶了她。

"老实人"跟几个伙伴结成一个小团体，买了一小块地，种田谋生、自食其力。他们发现，努力劳作可以免除三大祸害：烦闷、纵欲和饥寒。

对了，伏尔泰还把一本中国元代杂剧《赵氏孤儿》改编成《中国孤儿》呢，只是把故事背景由春秋时期改成元代了。

狄德罗的《修女》：一个半真半假的故事

伏尔泰替《百科全书》撰写了部分哲学、历史条目；而哲学条目的另外部分，则是由《百科全书》的主编狄德罗亲自撰写。狄德罗（1713—1784）组织编纂这部大书可真不容易，他要把这部书变成总结科学艺术成果、宣传启蒙思想的有力工具。他差不多把当时各种知识领域里的最杰出人物都动员起来，为《百科全书》写出第一流的书稿，他自己也写了一千多篇文章和条目。

《百科全书》的编纂者们

官府和教会千方百计阻挠《百科全书》的编写出版,有的学者半路上打了退堂鼓。可狄德罗却坚持着,整整苦干了二十年,共出版了三十七卷。他的血汗没白流,这部书影响并改变了一代人的思维模式,为启蒙运动做出了巨大贡献。狄德罗对美学也很有研究,真、善、美三位一体的理论,就是他首先提出来的呢。

狄德罗还写过小说,代表作是《修女》和《拉摩的侄儿》。《修女》写一个名叫苏珊的姑娘,本是阔人家的私生女。家里怕她长大后跟姐妹们争遗产,从小就把她送进修道院,那可是女孩子的坟墓啊。

苏珊不甘心就这么毁掉一生,便向法院提出上诉,要求还俗。不想法院竟不批准。不过她到底逃了出来,隐姓埋名,靠打工度日,成了不受法律保护的人。她写信给一位同情她的侯爵,请求他搭救。这部小说,就是苏珊写给侯爵的自述。

古典油画中的修女形象

《修女》是照真人真事写的,当时真有个修女为恢复自由而打官司,也确实有位开通的侯爵同情她、帮助她。这位侯爵恰是狄德罗的一个朋友。以后侯爵接到修女一封信,信中说她已逃出修道院,希望侯爵能回巴黎帮助她。侯爵跟她通信长达半年之久,以后听说她死了,通信才终止。

又过了好几年，侯爵才得知，那修女根本没离开修道院，是他的朋友狄德罗为了把他骗回巴黎，假借姑娘的口气写信给他。狄德罗本来想跟朋友开个玩笑，可是弄假成真，自己反而陷进自己编的悲惨故事里。他决心写一部小说，让大众都知道修道院里的黑暗，《修女》这部小说就这样问世了。

狄德罗出生在一个刀剪作坊主家庭。年轻时，他爱上一个比他大十六岁的女子。父亲反对这门亲事，把他关进修道院。后来他偷偷跑出来，到底跟那女子秘密结了婚。——看来他的小说还有着切身感受呢。

三一、卢梭与《忏悔录》
（附博马舍，18世纪，法国）

卢梭：人格重于金钱

"百科全书派"里最为愤世嫉俗的一位，要数卢梭了。卢梭（1712—1778）祖籍法国，却出生在瑞士的日内瓦。他自幼死了娘，爹爹是个钟表匠，爷儿俩都爱读书，常常一读就是一宿，他爹就是他的启蒙老师。

卢梭从小任性，十四岁时在店铺里当学徒，有一回去郊游，乐而忘返，见城门关了，索性不辞而别，开始了流浪生活。这以后他当过店铺的伙计、贵族的随从。不久有位贵妇人收留了他。他在贵妇人府上饱读天文、地理、数学、历史、哲学等各种书

卢梭

籍，就算是上了大学。

卢梭很有音乐天赋，还发明了简谱。后来他去了巴黎，靠着教音乐、抄乐谱维持生活。认识了狄德罗以后，他就给《百科全书》撰写音乐方面的稿子。

在狄德罗的鼓励下，他还写了一篇政论文去参加第戎学院的征文比赛；结果文章入选，这个小人物也出了大名。连国王都知道他的名字，要颁给他年金。他却拒绝说：拿了人家钱，就不好保持独立人格、讲公道话啦！——由这儿也可以看出卢梭的为人来。

他写过好几部小说，有《新爱洛绮丝》《爱弥儿》，还有一部自传体的《忏悔录》。《爱弥儿》是讨论教育问题的哲理小说。书中说，穷人接近自然状态，因而没必要受教育。贵族和富人背离自然状态，受教育的应该是他们！

书中还否定"至高无上的神"的存在，所以书一出版，立刻遭到官府和教会的禁毁，卢梭也不得不逃往瑞士。可瑞士同样在烧他的书，他又跑到普鲁士，接着逃到一座岛上。就是这座小岛，也依然不准他存身。他就这么东躲西藏，精神受到很大刺激，有一阵子，几乎完全失常了。他跟"百科全书派"的朋友们也都吵翻了，他是在孤独与不幸中度过余生的。

书信体小说《新爱洛绮丝》

小说《新爱洛绮丝》讲的是这么个故事：有个才貌双全、品行端正的年轻人圣普乐，在男爵家当家庭教师，跟男爵的女儿朱丽偷偷相爱了。可男爵却逼着朱丽嫁给五十岁的老头子沃尔玛。事情明摆着：沃尔玛是有钱的俄国贵族，而圣普乐却是不名一文的平头百姓！

朱丽大病一场，被迫嫁给了沃尔玛。圣普乐也不得不离开男爵府，隐居在一座小山村里。好在沃尔玛人还宽和，他听了朱丽的坦白，不但不歧视她，还把她跟圣普乐生的小女儿当成自己的孩子。女儿长到六岁时，他又把圣普乐请到家里来教孩子；朱丽又能跟圣普乐朝夕相见了。

可是这比不能见面还难受。两人极力克制着内心的感情，装出平静的样子。有一回朱丽跟圣普乐在湖上泛舟，大风把他们的小船

《新爱洛绮丝》插图

吹到圣普乐先前隐居的小山村。朱丽看见山石上到处刻着自己的名字，又听着圣普乐讲述那段受煎熬的岁月，她的心都要碎啦。

不久朱丽便一病不起。临终时她把子女托付给圣普乐，说：我去等着你了——让我们在人世间分手的道德，会让我们在天上团聚的！

小说采用的是书信体，因而特别适宜表达丰富细腻的心理活动和牵肠挂肚的伤感情调。读者在替主人公感伤叹气的同时，自然就会联想到等级制度的可恶与不近情理。

书中还有不少对自然风光的描写。——卢梭本人酷爱大自然，相传他在流亡途中，衣食无着，可只要看到秀美的自然风景，就呆呆地站在那儿，忘记了一切！

《忏悔录》：个性解放的宣言书

到了晚年，由于许多老朋友都误解自己，卢梭决心写一部自传，来表明心迹。这就是那部著名的《忏悔录》。

别人写自传，谁不是往自个儿脸上贴金呢？卢梭却不。他从自己落生写起，一直写到五十岁为止，把自己一生的得失荣辱、争光的事和丢脸的事，统统写了出来，甚至小时候如何偷过东西、撒过谎、做过损人利己的事，连同后来的爱情隐秘，也都和盘托出，绝不遮遮掩掩。

他在书中说：把我的同类叫来，听听我的忏悔。假使让他们一个个像我一样地袒露内心，谁又敢说：我比这个人更好？——的确，卢梭在书中揭示出自己的丑陋，非但没能损害他的尊严，反而让人觉得他更可敬。后来的人便把《忏悔录》称作"个性解放的宣言书"。

作为一位思想家,卢梭还写过好几部重要的理论著作,像《论科学与艺术》《论人类不平等的起源和基础》,还有《民约论》。在《民约论》里,他提出"民主"的口号,同封建专制对垒。其中"天赋人权""自由平等""主权在民"等思

《忏悔录》插图

想,对法国的《人权宣言》以及美国的《独立宣言》,都有着很大影响。——这个钟表匠的儿子,最终拨动了人类历史前进的时钟,他可以说是一位最伟大的"钟表匠"了!

"法国大革命从《费加罗的婚礼》开始"

除了卢梭,法国文学界还有一位钟表匠的儿子,叫博马舍(1732—1799)。他从小跟着爹爹修钟表,后来进宫担任了公主的提琴教师,不久又跟人合伙做买卖发了大财。他是个敏锐而又多才多艺的人。

博马舍从三十几岁开始写剧本,最有名的是《塞维勒的理发师》和《费加罗的婚礼》。这两出戏的主人公是同一个人——理

发师出身的小人物费加罗。在前一出戏里,他帮助过去的主人伯爵,赢得了贵族小姐罗丝娜。到了后一出戏中,费加罗当了伯爵的仆人,又开始跟伯爵"斗法"。

原来费加罗要跟伯爵夫人的使女苏姗娜结婚,可好色的伯爵却一个劲儿打苏姗娜的主意。不想这会儿苏姗娜却主动写信约伯爵在花园里见面,伯爵的高兴劲儿就别提了。

到了夜里,伯爵来到花园大树下,果然看见披着婚纱的苏姗娜。他向苏姗娜大献殷勤,姑娘却躲进了亭子里。转眼伯爵却看见费加罗正跪着向伯爵夫人求爱呢,气得伯爵狂喊要报仇!

这当口参加婚礼的人们打着火把赶来,伯爵这才明白,"苏姗娜"是伯爵夫人装扮的,而"伯爵夫人"呢,当然就是苏姗娜了。伯爵当场出丑、狼狈万分。费加罗却高兴坏了,这可是他最快乐的一天啊。

《费加罗的婚礼》剧照

不过这出刺痛封建贵族的戏，一出来就遭到禁演。博马舍依靠舆论的力量跟官府斗争了六年，这戏才开禁。据说上演的时候，老百姓都跟过节似的。

贵族们为什么这么害怕这出戏呢，听听剧中费加罗的一段独白吧。他想到伯爵的阴险，非常气愤，自言自语说：

> 因为您是个大贵族，您就自以为是伟大的天才。门第、财产、爵位、高官，这一切都让您这么扬扬得意的。其实您干过什么，配有这么多的享受？您只是在走出娘胎时使过点儿力气，此外您还有什么了不起？……至于我嘛，淹没在无声无息的广大人群里头，单是为了生活而不得不施展的学问和手腕，就比一百年来统治全西班牙的还要多——而您却想跟我争夺果实！

听听，老百姓直接向贵族们挑战了！不然法国大英雄拿破仑怎么会说"法国大革命是从《费加罗的婚礼》公演的那天开始的"呢！

三二、越南与朝鲜文学
（18—19世纪，越南、朝鲜）

越南中国，文化相通

始终没提我们的两家近邻——越南和朝鲜。

越南有着悠久的历史

旧石器时代，越南一带已有人类活动的迹象，那里的民族称"雒（luò）越"。照越南神话讲，大舜南巡行至南越，小女生病，留在当地治养。小女痊愈后到河边玩耍，与一河边少年相恋，后来竟产下一百枚蛋来！——原来那少年是河中一条小龙。那些龙卵在水中孵化，遂成越南先民。

从公元前3世纪的秦代，至10世纪的唐代，越南始终是中国的一部分，地名或称象郡，或称交趾。大家应当记得，"初唐四杰"的王勃，便是到交趾省亲时落海遇难的。

10世纪以后，越南一直与中国保持着密切的联系。在近两千年中，中国文化通行越南，汉字一直是越南所使用的正式文字。不过越南人也创造了自己的文字——字喃，这种文字同样是从汉字脱化而出的，不熟悉汉语的人就很难学习运用。

至于越南今天所使用的拼音文字，是16世纪由外国传教士发明，并于18世纪由法国殖民者推广的，最终定为越南的国语文字。不过越南的古文献几乎全用汉字，名胜古迹中，汉字匾联也随处可见。

此外，越南人也使用农历，也过春节。其风俗、姓氏以及种种器物，也深受中国文化的影响。

《金云翘传》，源自华夏

说到文学，越南古典文学中有部非常有名的叙事长诗《金云翘传》，还是根据中国明代的同名小说改编的呢。

这部长诗分十二卷，总共三千二百五十二行，讲述发生在中国明代嘉靖年间的爱情故事。女主角叫王翠翘，是北京大名府王员外的千金。一次踏青游春，偶遇贵公子金重。两人一见钟情，于是私订终身。

不久金重回辽阳奔丧，翠翘家却遭了横祸——王员外被人诬陷，下了大狱。为了筹措银两营救爹爹，翠翘自愿卖身，被山东马监生买去，又被送进了青楼。

后来有个姓束的无锡书生把她赎出火坑，不料束生的妻子宦姐是个泼妇，趁束生不在，把翠翘抢去，罚做奴仆。束生"惧内"，只好忍气吞声，眼睁睁着翠翘受苦。

翠翘的坏运道还远没到头。她好不容易逃出宦姐手心儿，又落到一个二流子手里，再次被卖到妓院。这回她遇上了江湖好汉徐海，两人结为风尘知己。

徐海后来起兵

抄本《金云翘传》一页

造反，来接翠翘，并把马监生、妓院老鸨等统统处死，替翠翘报了仇。但徐海造反失败，翠翘又落到一个土官手中。

翠翘不愿再受污辱，便跳江自尽，幸被一位尼姑救起。——后来金重中进士做了官，打听到翠翘下落，两人终于破镜重圆。

当年翠翘卖身时，曾嘱咐妹妹翠云代替自己嫁给金重，这书的书名是从金重、翠云、翠翘的名字中各取一字，叫《金云翘传》。——这也是中国明末流行的小说取名方式。

长诗的作者阮攸（1765—1820）字素如，号清轩，是越南河静省人。他出身于世代书香的贵族家庭，曾奉命出使中国。那会儿正是清嘉庆年间，小说《金云翘传》便是他那时读到的。

据小说改编的长诗，不但保留了原书情节曲折、人物生动的特点，语言也简洁凝练、音调和谐，因而深受越南人民喜爱。

这部长诗，也便成了越南古典文学的珍宝以及中越文化交流的纪念碑。

《春香传》：朝鲜也有"玉堂春"

我们的东邻朝鲜——目前分裂为朝鲜、韩国两个国家，其实是同一个民族，朝鲜族。跟越南一样，它也跟中国有着密不可分的联系。相传殷商王朝被周人推翻，纣王的叔父箕子率领五千殷商遗民远走朝鲜半岛，与当地土著结合，在平壤建立了"箕子朝鲜"。

箕子还带去中原先进的文化及农桑技术，并制定了最早的法律条文"犯禁八条"。一时之间，"箕子朝鲜"声名远播，被誉为东方君子之国。——有人说，朝鲜民族至今喜穿白色衣裙，也还是商代"尚白"的遗风。

不过另有传说，认为距今四千年前有个号称"檀君"的，在朝鲜建立起最初的国家。这位檀君不是凡人，是天神与熊女所生的儿子，这当然带有神话性质了。

作为近邻，中国的汉字文化也早就传入朝鲜，朝鲜文人作诗撰文，全都使用汉字。《全唐诗》中就收有朝鲜诗人的作品。

朝鲜也有个"三国时期"，不过时间比中国的三国长得多，是从公元前1世纪直至7世纪。那时朝鲜半岛分为高句丽、百济、新罗三国，鼎足而立。到7世纪时，新罗在唐朝的帮助下统一了朝鲜，这段历史，为朝鲜留下《三国史记》《三国遗事》两部史书，描写生动，不乏文学意味。

朝鲜也有小说名著，便是那部《春香传》，写的是艺伎之女成春香跟贵族公子李梦龙相互爱恋、终成眷属的曲折故事。

古代绘画中的朝鲜民间生活

春香年轻貌美,伎艺超群;李梦龙英俊潇洒、才华横溢。跟金重、翠翘相仿,他俩也是在踏青途中一见钟情、私下成婚的。只是两人地位悬殊:梦龙是两班翰林之子,春香的母亲却是地位卑贱的艺伎。不久梦龙的父亲奉调进京,梦龙跟着一同赴部,却不敢带上春香。春香临别无言,只说了一句:"恨哉恨哉,尊卑贵贱,委实可恨!"——她不怨恨李梦龙,恨的是拆散他们的等级制。

这以后,有位叫卞学道的到南原府上任。他是个贪赃枉法、花天酒地的滥官。一到任,他就想娶个漂亮姑娘做妾,于是挑中了春香。春香却一口回绝了他。

卞学道恼羞成怒,把春香拷打一顿,押在死囚牢里,只等他做寿那天,杀了解恨!——就在这当口,有个乞丐到女牢里来探监。春香一看,竟是她日思夜盼的李梦龙!姑娘死到临头,想的仍是他人。她叮嘱母亲,千万别因李公子落难,便慢待了他。

其实李梦龙早就中了状元,被朝廷点为全罗御使(相当于巡抚),如今他是来微服私访的。

卞学道做寿这天,梦龙扮作落魄书生也来赴宴。卞学道看不起这个穷书生,对诗时奚落他。梦龙当众题诗一首:"金樽美酒千人血,玉盘佳肴万姓膏。烛泪落时民泪落,歌声高处怨声高。"题罢扬长而去。

寿筵上的官员们读了诗,吓得纷纷离席。卞学道却还执迷不悟,依旧饮酒作乐。直到李御史的差役闯上堂来,把他拿下,他才如梦初醒。

最终卞学道被罢了官,春香则获释出狱。她随梦龙进京,做了御史夫人，两人忠贞的爱情，终于有了美满的结局。——全剧的情节，跟中国明代小说《玉堂春落难逢夫》颇为近似。

《春香传》对封建尊卑制度提出了抗议，还抨击了统治者盘剥百姓、骄奢淫逸等恶行。作为古典名著，思想境界并不低。——朝鲜人民特别喜爱这部小说，把它搬上戏剧舞台，至今常演不衰。

三三、拉美文坛有"缪斯"
（17—19世纪，拉丁美洲）

"第十位缪斯"克鲁斯

前面介绍过美洲的玛雅文化和印第安文化，还提到几部殖民地时期的纪实作品。殖民者在带来锁链的同时，也把西班牙宫廷典雅、空洞的文风带给美洲文坛。不过在一大批平庸之作中，也有少数闪光的作品。

有位叫克鲁斯（1651—1695）的女诗人，是在墨西哥出生的白种人。她从小与众不同，六七岁时，打算装扮成男孩儿到首都去上学，父母没同意。以后她便钻进祖父的藏书室里，自修各种学问。

由于博学多才，她后来一度被邀进宫做了侍从女官。后来她又自愿到修道院去钻研学问，二十八年没离开修道院。——这座圣赫罗尼莫修道院，也因此成了当时墨西哥的文化中心啦。

克鲁斯

克鲁斯的代表作是长诗《初梦》。全诗近千行，用的是自由体。诗中把数学、生物、物理等学问同神话传说糅合在一起，富于诗情，又深含哲理。——光明一定战胜黑暗，知识必定战胜愚昧，便是这首长诗的主题。

当时有位主教写信给克鲁斯，劝她多读读《圣经》，少看点儿"闲书"。她回信说，自己发奋读书是为了了解世界、不做愚人。她在信中强调了妇女的权利，批评了歧视妇女的偏见；还说女子的智力丝毫不比男人差，妇女完全可以自己教育自己。

她的这封回信被后人看作"美洲最有人情味和最高尚的文学文献"。她本人也被称作"新大陆最伟大的天才之一"。——相传诗歌女神缪斯共有九位，而克鲁斯则被称为"第十位缪斯"！

在克鲁斯之前，墨西哥剧坛上还出了一位戏剧家阿拉尔孔（1581—1639），他的代表作《可疑的真情》，写一个爱撒谎的年轻人欺骗朋友、欺骗爹爹，最终自己吃了苦果。——这戏不但在美洲和西班牙有影响，据说法国的高乃依和莫里哀也从中汲取了营养呢。不过这一时期美洲的小说却没什么像样的作品。

《癞皮鹦鹉》：拉美长篇第一部

拉美小说到了十八九世纪才开始有起色。依然是墨西哥，出了位小说家利萨尔迪（1776—1827），他写出了拉美第一部长篇小说《癞皮鹦鹉》。——这是一部"流浪汉体"的小说，继承的还是西班牙小说《小癞子》的传统呢。

依照流浪汉小说的通常模式，小说是用第一人称叙述的。主人公木是个小康人家的子弟，当娘的一心想让儿子出人头地，把他送进学校读书。由于他身穿绿衣黄裤，又长着一脸疙瘩，同学送他一个外号叫"癞皮鹦鹉"，连老师也常常奚落他。他受不了这一切，便逃到街上，成了流浪儿。

起初他进修道院，想当个修士。他给神父当助手，不料神父是"三只手"，他反而背了黑锅，被投入牢狱。后来他到一所大学当工友，吃尽了苦头。他又去当小贩，结果赔得一塌糊涂。为了生活，他又当上了江湖郎中，当然也是东骗西骗啦。他还一度到一位博士家打工，照看博士的老姐姐。那儿的活不重，闲了还能读读书。可有一回他忘了给博士的马添草料，差点儿挨一顿打。他乘夜偷了博士的钱逃走，临走还揣了几本书。

男大当婚，他爱上了一个姑娘，并跟她结为夫妻。不久妻子因难产而死。他想到海外碰碰运气，可船在归途中触礁。他好不容易逃到一个荒岛上，此前攒的钱全在海难中失落。

最终他又回到墨西哥，过起流浪生活，不知不觉竟陷到一伙强盗当中，还差点儿上了绞架……就这么混了大半辈子，他终于醒悟：流浪和冒险只会给自己带来灾难。于是他反躬自责、改邪归正,并把自己一生的教训讲给儿子听。——这便是这部书的由来。

小说追随"癞皮鹦鹉"的行踪,把社会的种种险恶与不平揭露出来,语言辛辣而尖刻。这部小说,被人看作拉丁美洲小说的开山之作。

从《屠场》看那时的阿根廷

这以后,阿根廷也出了位小说家,名叫埃切维里亚(1805—1851)。他出生在首都布宜诺斯艾利斯,青年时代却是在欧洲度过的。他接触了法国的浪漫主义诗歌,回国后成了新文学派的创始人。

那时的阿根廷正由独裁者罗萨斯将军统治着,埃切维里亚一面进行文学创作,一面参与反独裁的秘密活动。1840年,他参与的起义活动失败,从此流亡乌拉圭,再也没回过亲爱的祖国。

埃切维里亚写诗歌,也写小说。短篇小说《屠场》是他的代表作。——小说的背景是动荡的年月,当时正值雨季,洪水暴涨,又逢

埃切维里亚

教会"四旬斋"期间，禁止屠宰，肉食奇缺。医生说，再不吃肉，多半居民就会因营养不良而昏倒，这时政府才颁布告示，说要运一批牲畜来。

五十头肥壮的小牛终于运到了，屠宰场仿佛过节似的。屠夫、清理下水的、看热闹的，把屠宰场围了个严实，人们鼓掌欢呼，高喊："联邦万岁！复兴者万岁！"——"复兴者"指的是罗萨斯，一切独裁者总是唱着复兴的高调欺骗百姓，也总能获得一批拥趸者。罗萨斯的这些拥护者就叫"联邦派"。

这简直是一场屠杀的狂欢，人们践踏着被血浸泡的泥泞土地，屠夫们挥动着屠刀，清理下水的妇女忙作一团，骑马的小伙子抛掷牛尿脬，兀鹰在天空盘旋，海鸥追逐尖叫着，身上溅着血污的人们为争夺一段肥肠叫骂着，几条瘦狗为争一块牛肝在泥泞中咬作一团……

四十九头牛倒下了，最后一头牛发起疯来，它挣脱的套索竟将一个看热闹的孩子的头削了下来，那孩子的躯干还直挺挺地跨在栏杆上……正当疯牛被抓回来杀掉时，有人喊："那儿来了个统一派！"

"统一派"是"复兴者"和"联邦派"的反对者，其实他们才是真正的爱国者。屠夫中有个外号叫"七杀刀"的，听到喊声，一马当先冲过去，一头把那青年撞下马背。人群一拥而上，把青年绑到屠宰场上。杀红了眼的人还在乎杀个把人吗？何况还是"万恶"的"统一派"！青年人就这样惨死在屠宰场上……

这血腥污垢的屠宰场，不正是罗萨斯统治下的阿根廷的缩影吗？屠夫们就是用鞭子和匕首宣传罗萨斯思想的信徒，而这血污的屠宰场，也便是"联邦"的发源地啊……这篇小说篇幅不长,却寓意深刻,因而被视为拉丁美洲浪漫主义的杰作。

埃切维里亚的诗作很多,有《归来》《五月的光荣》《安慰》《六弦琴》等。在长诗《女俘》中,诗人把夕阳下镀金般的安第斯山以及夜幕中大海般苍茫的美洲原野写得美极了。——只有深深爱着这片土地的人,才能写出如此饱含激情的美丽诗篇!

三四、歌德与《浮士德》(18—19世纪,德国)

"狂飙突进"撼文坛

回过头来看看德国吧,前面提过,日耳曼史诗《尼伯龙根之歌》要算德国中世纪的文学经典。

歌德

说到近代的德国文坛,有一位大诗人不能不说,此人在世界文学史上也是大名鼎鼎!不过在介绍之前,先得把18世纪的德国社会交代几句。

那会儿的德国,应名儿是个统一的大帝国,实际上却分裂成三百六十多个小城邦,大家各守一摊、互不合作，这就影响了德国经济的发展。

德国的读书人眼看着英、法革命成功，很有点儿"眼热"。不过他们也不甘落后，既然社会没给他们提供施展才能的机会，他们就到精神王国里去寻找出路。这样一来，18世纪的德国可就在哲学、艺术方面走在了前头。文坛上也出了好几位大诗人。

为德国近代文学打基础的，是一位名叫莱辛的学者兼文学家。他的《拉奥孔》和《汉堡剧评》，都是十分有名的文学理论著作。德国文学繁荣的大幕，就是由他拉开的。

紧接着，在18世纪七八十年代，德国文坛上兴起一场"狂飙突进"文学运动。怎么叫这么个名字呢？原来有个年轻人写了个剧本，题目就叫《狂飙突进》。剧中人有几句台词说：让我们发狂吧，让我们宣泄吧！就像那屋顶上的风标，在狂风中转个痛快吧！——不用说，这反映的是一群年轻人热血沸腾的心态。他们反对封建道德的束缚，对启蒙运动提倡理性也不买账。他们强调的是个性解放，渴望由着性子生活、创作！而那支在狂风中飞转的风标，就成了这一派的象征啦。

就在这一派年轻作家里，一位举世闻名的大诗人诞生了，他就是歌德。

歌德从莱茵河畔走来

歌德（1749—1832）出生在德国莱茵河畔的法兰克福城。那是个历史悠久的文明之邦，有着古老的城堡、豪华的王公府邸和热闹的集市。

歌德的父亲是位法学博士，博学多才，爱好文艺，还当过皇家参议。母亲是市长的千金，生性活泼，总爱给孩子们讲故事。小歌德就在这富足优雅的环境里度过了童年。

后来他又受到良好的教育，学习文学和自然科学，也喜欢音乐和美术。他还学习法文、意大利文、英文、希腊文、拉丁文……在室外活动时，他最喜欢骑马、击剑和游泳。十七岁那年，他考进了莱比锡大学，学的是法律，后来一度因吐血休学，最终在斯特拉斯堡大学完成学业，获法学博士学位。

可是跟抠法律条文相比，歌德更喜欢写诗画画。在大学里，他结识了一位朋友，此人性情古怪，常因一丁点儿小事大发脾气；可他对文学的精辟见解却让歌德深深折服。这个"怪人"，就是"狂飙突进"运动的领袖人物赫尔德（1744—1803）。受他的影响和启发，歌德读了大量古今文学名著，还帮赫尔德到乡下老婆婆的茅屋里去搜集民间歌谣。这对歌德日后的诗歌创作，产生了很大影响。

歌德早年的抒情诗不少都带着民歌味道。看看这首有名的《野蔷薇》吧：

矗立在莱比锡大学图书馆前的歌德铜像

少年看到一朵蔷薇，
荒野的小蔷薇，
那样娇嫩而鲜艳，
急急忙忙走向前，
看得非常欣喜。
蔷薇、蔷薇、红蔷薇，
荒野的小蔷薇。

少年说："我要采你，
荒野的小蔷薇！"
蔷薇说："我要刺你，
让你永远不会忘记，
我不愿被你采折。"
蔷薇、蔷薇、红蔷薇，
荒野的小蔷薇。

这首诗的民谣味儿有多足！它本来就是诗人根据一支古老的歌谣改编的。后来音乐家们给这首诗谱过上百支曲子，其中大音乐家舒伯特谱的那一支最为人称道，旋律优美跳荡，成了乐坛珍品啦！

小说《少年维特之烦恼》

歌德回到家乡后，谋了个律师的职位，可他忘不了文学。谋生之余,他写了不少诗歌,还写过剧本。不过让他名扬欧洲大陆的,却是他的小说《少年维特之烦恼》。

维特是个才华横溢、热情单纯的青年。他爹虽不是贵族,却也给他留下了丰厚的遗产。维特厌倦了城市的喧嚣生活,来到一处幽静的乡间小镇。那儿春光明媚,风景宜人,镇子上的人也都那么淳朴善良。维特的一颗心被这里的景色和人情陶醉啦!

在一次夏夜的舞会上,维特认识了美丽俊俏的绿蒂姑娘。绿蒂是法官的女儿,娘死得早,照料爹爹和众多弟妹的担子,都落在她一个人肩上。在这初夏的夜晚,一对少男少女就这样暗暗喜欢上对方。痴情的维特更是爱得神魂颠倒。

不幸的是,绿蒂早已订了婚。当她的未婚夫旅行归来时,维特一下子陷入深深的痛苦之中。夏去秋来,木叶摇落,维特终于咬咬牙,决定离开绿蒂,开始新的生活。

维特在公使馆里谋了个书记官的位子。可他的心没法平静下来。俗气的同僚们争着往上爬,固执的上司也让他受不了。给他刺激最深的,还是等级制的压迫。有一回他到伯爵家去做客,那些自命高贵的老爷太太们,根本不把他这个平民出身的年轻人放在眼里,最终弄得主人也只好催他快点儿离开!

《少年维特之烦恼》插图

敏感而高傲的维特怎么受得了这个？他真想抓起一把刀子，捅进自己的胸膛！冬天到了，又传来绿蒂结婚的消息。维特的精神几乎垮啦！

又是一年春草绿，维特在外面碰够了钉子，回到小镇上。夏天到来时，他再度回到绿蒂身边。周围的景色还是那么美，可绿蒂却已是有夫之妇。绿蒂的丈夫是个知足常乐的平庸之辈，绿蒂虽然更喜欢维特，却又不能不跟他保持距离。

秋去冬来，冷风呼啸，大自然也像是耗尽了生机。维特鼓起最后的勇气，敲开绿蒂家的门。他控制不住自己，泪流满面地拥抱了绿蒂，最后一次吻了她。第二天，维特借口出门旅行，向绿蒂的丈夫借了一把手枪。夜深人静时，受尽感情熬煎的维特，在一声枪响后结束了自己年轻的生命。——他终于从人生烦恼中获得了解脱！

"维特热"横扫欧洲

小说中的维特，几乎就是作者自己。二十三岁那年，也是在一次舞会上，歌德爱上了一位朋友的未婚妻夏绿蒂。他爱得那么狂热，又是那么无望。苦恼至极，他曾磨快一把匕首压在枕头底下，几次想用它结束自己的生命！他给夏绿蒂写过许多感人至深的信；这让我们明白，为什么《少年维特之烦恼》采用了书信体的形式。

不久，歌德的一位朋友也因爱上友人的妻子，失恋后开枪自杀了。这事使歌德产生了写一部小说的愿望。1774年，他闭门谢客，只用了短短四个星期，就完成了这部举世轰动的爱情小说。

小说一出版，德国乃至整个欧洲的年轻人中，掀起了一股"维特热"。大家纷纷穿上维特式的蓝色燕尾服和黄背心，学着维特的腔调说话。还有不少失恋的年轻人学着维特的样儿冲自己的脑袋开枪！歌德连忙写了一首诗，借维特之口劝告大家：要当个堂堂男子汉，千万别步我的后尘！

不过话说回来，维特之死仅仅因为失恋吗？在德国，年轻人的个性受到压抑，森严的等级制、庸俗的市民气，都让有血性的青年感到绝望。小说引起那么大的轰动，正是因为歌德写出了一代青年的苦闷和烦恼啊。

从政魏玛，收获爱情

维特使二十六岁的歌德一夜成名，魏玛公国的公爵把诗人请去，让他担任枢密顾问，不久又把相印交给了他。年轻的歌德志得意满，干劲十足。他不但参与政务，还抽空儿研究科学。可这样一来，文学创作的时间就少多啦。

十年过去了，魏玛公国并没有多大起色，歌德的政治理想大多没能实现。歌德感到了厌倦，于是在一年的秋天，改名换姓，神不知鬼不觉跑到了意大利，在那儿四处游览，一待就是两年。

南欧的秀丽风光和古罗马的伟大艺术，使诗人的心灵又复苏啦！在意大利，他创作了剧本《哀格蒙特》和《伊菲格涅亚在陶里斯》。

《哀格蒙特》的主人公是一位年轻的伯爵，因为反抗西班牙人的残暴统治而被杀害。剧本仍然闪耀着"狂飙突进"的光彩。《伊菲格涅亚在陶里斯》则取材于希腊神话。剧中刻画了一位品行高尚的理想女性,那风格却已接近古典主义。——就是从这个时候起,歌德作品里"狂飙突进"的昂扬奋发之气,渐渐化作淳朴、宁静、和谐的幽美风格。

后来歌德重回魏玛,并爱上一个二十出头的制花姑娘。那姑娘叫克里斯蒂涅·符尔皮乌斯,她哥哥是个小说家,因为没工作,便写了封求职信,托妹妹转呈歌德。当时歌德正在花园里散步,看见一个妩媚漂亮的姑娘向自己走来,一下子就爱上了她。歌德不顾别人说闲话,把姑娘接到家里住。但两人正式举行婚礼,却是十八年以后的事。

符尔皮乌斯性格开朗,又十分能干,她不仅要料理一大堆家务,还管理着歌德母亲在法兰克福的遗产,甚至独自承担起魏玛宫廷剧团的组织工作,替歌德分担。在歌德为她绘制的小像里,不难看出歌德对她的爱。——不过这场"门不当户不对"的婚姻,也给歌德带来不少烦恼。舆论对于这位女性,也始终是不公平的。

这次回到魏玛,诗人依然在宫廷里供职,却只管管文化艺术一类的事。这会儿诗人的心情又是

以歌德妻子为题材的邮品

怎样的呢？从他的诗剧《托夸多·塔索》里，可以得到一点儿消息。

剧中人塔索是个意大利诗人，他受费拉拉公爵的赏识，在宫廷效力。可宫廷中又有谁真正懂得艺术、尊重艺术？诗人的天才得不到施展，同公主的恋爱也受到挫折，最后只剩下一肚子苦闷啦。——这说的不就是歌德自己吗？一个才华横溢的诗人偏要从政当官，听人家吆喝，不苦闷才怪呢。歌德自己说：塔索其实也是个"维特"，是个"提高了的维特"。

结交诗友，仰慕东方

席勒与歌德

歌德四十五岁那年，结识了另一位德国诗人席勒，两人成了莫逆之交。他俩相互鼓励，比赛似的写诗撰文。歌德写了不少叙事谣曲，像《掘宝者》《魔术学徒》《神女与妓女》等，都成了家传户诵的名篇。后来的文学史，就把1794年称作"叙事歌谣年"。

此外，歌德还写了

长篇小说《威廉·迈斯特》《亲和力》、长篇叙事诗《赫尔曼与窦绿苔》。而他最重要的作品，要数诗剧《浮士德》了。关于这部巨著，下面还要说到。

1805年，比歌德小十岁的席勒倒比他先去了。歌德得着朋友的死讯，大哭着说：他死了，我生命的一半也失掉啦！

六十岁以后，歌德再起游兴。他漫游了德国的大好河山，写了二百四十多首抒情诗。有时一天就要吟上好几首。这些诗都收在后来出版的《东西合集》里。

诗人晚年对东方文化大感兴趣，读了不少中国、印度、阿拉伯的文学作品和哲学著作。他挺欣赏中国小说《好逑传》《玉娇梨》等，并凭着直觉评价说：这还不算中国最好的小说呢。中国有成千上万种小说，中国人写小说的时候，我们的祖先还在树林里刀耕火种呢！——歌德还用中国的传统诗题写了一组《中德四季晨昏杂咏》；中国诗歌里明净和谐的意境，正合诗人此时的心境。

伟大时代孕育了伟大诗人

有人做过统计，歌德一生创作的各种诗歌——包括抒情性的、哲理性的、赞美的、讽刺的，连长带短，总共有四千多首；不同体裁的戏剧有六七十种。就说那部《浮士德》吧，连同序曲共分三部分，总计有一万两千一百一十一行。单就篇幅来说，也足可称为巨著啦。

此外，歌德一生中还写过四部长篇小说、十几部短篇小说，又有长篇自传以及文艺评论、自然科学论著等。——歌德的才能是

歌德所绘风景画

多方面的,他既是文学家、艺术家,又是理论家、政治家,还是自然科学家。难怪人们称他是"最后的万能天才",他本身就是一部包罗万象的百科全书!

歌德活了八十三岁,他是一位跨世纪的老人。他自己说过这样的话:

我实在有着得天独厚的地方,因为我活在一个不断发生着惊天动地的大事的时代。我目睹了七年战争(指法、德之间的战争)、美国独立、法国革命以及整个拿破仑时代。因而我的经验和观点,对那些现在才落生、只能从书本上隔雾观花地领略这些事件的人来说,是不可能得到的!

不错,正是这个伟大的时代,孕育并造就了这位伟大的诗人!这一点,歌德自己已经领悟到了。

诗歌巨著《浮士德》

七十五岁以后,歌德住在魏玛,深居简出,全力以赴创作

《浮士德》的第二部以及另一部早已开了头的小说。这两部著作，在他生命的最后八年里先后完成了。这部《浮士德》，可是歌德大半生心血的结晶啊。

浮士德本来是德国民间故事里的传奇人物，前头说过，英国的马洛就写过这个题材。歌德对浮士德的兴趣，从四岁看木偶戏时就萌发了。上大学后，他就一直憋着劲儿要写一部关于浮士德的大作。可作品最终完成，却是在诗人逝世的前一年。算起来，这部诗剧从筹划到完成，差不多经历了六十个年头。这在古今文坛上，可说是独一无二的！

《浮士德》插图一

诗剧的主人公浮士德，是个年过半百的老博士。他长年累月把自己关在书斋里研究学问，头发都白了。可有一天他如梦初醒：自个儿大半辈子钻研的，都是些毫无用处的死知识。这书斋就像牢笼，自己不过是关在里面的囚徒罢了。

这么一想，他万念俱灰，端起一杯毒药，打算自我了结。突然，远处教堂传来复活节的钟声。钟声把老博士召唤到田野上，明媚的春光打消了他轻生的念头。当他带着满身的春日气息回到书斋时，没留神有一条黑狗也跟了进来。

黑狗摇身一变，化作人形。原来它是魔鬼梅菲斯特变的！梅菲斯特刚刚跟上帝打赌，说是能引诱浮士德堕落，把他的灵魂劫往地狱。

这不，它来引浮士德上钩了。它跟老博士订下契约：它甘愿给老博士当奴仆，凭着自己的无边法力，满足浮士德的任何要求；可浮士德一旦感到心满意足、别无所求，魔鬼可就成了主人，浮士德将堕入地狱、万劫不复！——浮士德答应了梅菲斯特的要求。魔鬼的黑外套化作一片乌云，载着二人去云游天下。

在一处酒馆里，两人跟一群大学生聚饮胡闹。浮士德被引进魔女厨房，喝下一盏魔汤。奇迹出现了：白发苍苍的浮士德，刹那间变成了年轻力壮的小伙儿，浑身充满了青春活力。

走在街上，浮士德爱上了小家碧玉玛甘丽。由于魔鬼帮忙，浮士德轻而易举获得了姑娘的芳心。可这番爱情的结局并不美妙：玛甘丽误用药剂，毒死了亲娘；她哥哥阻止妹妹幽会，结果死在浮士德的剑下。最终玛甘丽也因溺杀儿子坐了班房，在狱中发了疯病。——爱情没能为浮士德带来幸福，反而给他增添了无穷烦恼。

不过浮士德不久就恢复了信心，又雄心勃勃地进了宫廷。宫廷里的情况糟透了，财政眼看要崩溃，皇帝却还在金碧辉煌的宫殿里召开盛大的化装舞会呢。在浮士德的建议下，王朝靠着大批印钞票，渡过了财政难关。而皇帝又异想天开，想看看古希腊的美人儿海伦究竟有多美。

浮士德让魔鬼弄来宝鼎，燃起香料。在袅袅香烟里，海伦出现啦！浮士德从没见过这么美的女子，急着去拥抱她，却只听一声巨响，幻影消失，浮士德昏倒在地上。

人心满足日，便是堕落时

魔鬼背着昏迷不醒的浮士德回到书斋。在那儿，浮士德的弟子瓦格纳制造了一个小人儿。小人儿只有灵魂，没有肉体，因而只好待在玻璃瓶里。可它却能看见浮士德的梦境；浮士德在昏睡中还念念不忘海伦呢。小人儿便化作灯盏，照亮路途，引浮士德来到古希腊。魔鬼让海伦复活，做了浮士德的妻子。他俩琴瑟和谐，生下个儿子，取名欧福良。

这孩子长大后气质不凡，酷爱自由，后来死在争取自由的战争中。儿子一死，海伦也追随而去，留下一片衣衫，化作祥云，把浮士德带回了现实世界。

浮士德飞临大海时，看到碧波万顷、潮涨潮落，激起他干一番大事业的雄心！这会儿正赶上国内发生动乱，浮士德帮皇帝平息了内乱，得到一块封地。于是他

《浮士德》插图二

便开始了移山填海、建造人间乐园的巨大工程。

此时浮士德已年过百岁,因屡遭挫折、饱经忧患,双目早已失明。魔鬼知道他来日无多,便吩咐小鬼替他掘墓坑。浮士德听见镐头敲击土石的声音,还以为人们正卖力干活、完成伟业呢。他想着理想就要化作现实,感到从没有过的满足,于是高喊:"多美的时刻,停留一下吧!"

他这么一喊,一切都完了!按照魔鬼的契约,浮士德一旦满足,他将成为魔鬼的奴隶,永堕地狱!——然而就在此刻,天界的仙使及时赶到,簇拥着浮士德飞向天国。

欧洲文人的"巨大自白"

这可是一部博大精深的文学巨著!诗剧中充满数不清的典故和比喻,蕴藏着深邃的哲理。浮士德是个上下求索、永不满足的人。他不满意书斋里的陈腐知识,便去爱情之乡寻找幸福。可爱情到头来只是一杯苦酒,他又到政界去一展身手。政界依然找不到出路,于是他又到古代文明的幻境中去遨游。

据说浮士德跟海伦所生的孩子欧福良,是影射英国浪漫诗人拜伦。——拜伦比歌德小四十岁,曾参加希腊人民争取自由解放的斗争,死在了歌德的前头。关于这位浪漫诗人,以后还要专门说到。

最终,浮士德还是在改天换地、建造人间乐园的大业中得到了满足。上帝跟魔鬼打赌时就说过:人类在奋斗中难免要迷路,可他们终归会走上正途的。——这其实正是歌德自己的信念。

至于魔鬼梅菲斯特，它是恶的化身。它跟浮士德搭伙结伴，一恶一善，一个堕落一个奋发，却又连为一体，谁也离不开谁。这里面的哲理，不是挺玄妙吗？

从浮士德身上，读者不难看到歌德的影子。——其实包括《少年维特之烦恼》《托夸多·塔索》在内，哪一部作品不是诗人的自白呢。而这一部《浮士德》，不光写出了诗人自身追寻人生目标的心路历程，更反映出欧洲自文艺复兴三百年来精神文化发展的历史。因而有人说，这是人诗人歌德代表欧洲资产阶级文人所做的"巨大的自白"，对德国乃至世界都产生了巨大影响。人们常把《浮士德》跟《荷马史诗》、但丁的《神曲》以及莎士比亚的《哈姆雷特》相提并论，称它们是欧洲文学的"四大名著"呢。

位于法兰克福的歌德故居

三五、席勒演绎"阴谋与爱情"
（18—19世纪，德国）

高墙关不住的席勒

歌德有一位好朋友叫席勒（1759—1805），比他小十岁。席勒的父亲是个外科医生，后来在军队里当差，隶属于符腾堡公国欧根公爵。父亲本打算让席勒学习神学，那在当时可是门挺有出息的学问。可公爵大人却非让小席勒进军事学院不可。原来，公爵是个独裁者，他的军事学院，是专门用铁的纪律为他培养奴才的地方！

十四岁的席勒在这所牢狱般的学院里一待就是八年。但严酷的军校生活，并没能磨灭他那爱自由、好抗争的天性。在一

席勒（右）与歌德铜像

位年轻教授的暗地点拨下，他读了不少莎士比亚、卢梭的作品。当代大诗人歌德也让他佩服得五体投地。他本来在学院里学的是法律和医学，可这时却偷偷写起诗歌和剧本来。他那轰动一时的剧本《强盗》，就是在军事学院的高墙里写成的。

从学院毕业后，他在公爵的军队里当了一名军医。然而在这个独裁国家，他连出门看戏的自由都没有。一气之下，席勒在一个漆黑的夜晚逃出公国，从此过着漂泊无定的生活。日子虽说苦一点儿，他却获得了最宝贵的自由。不久，他写了那部更有名的悲剧《阴谋与爱情》。

后来他对历史和哲学着了迷，写了两部挺有分量的历史著作。三十岁头上，他还当上了耶拿大学的历史教授。这个位子还是由歌德推荐的呢。不过席勒跟歌德深交，还是在五年以后的1794年。

其实席勒与歌德无论在性格、气质还是文学主张上，都没有太多的共同之处。席勒还是毛头小伙子时，歌德已是名满四海的文坛泰斗啦！这两位怎么会成了至交呢？这大概应了那句"惺惺相惜"的旧话吧。

两人越是意见分歧、争论不休，就越能从辩论中发现对方的高明与不凡来。于是这两位棋逢对手的文豪便携手办起了杂志，还比赛似的创作诗歌。两人共发表了好几百首警句诗和谣曲，有时还合写一篇文章，一个起草，一个润色，表达共同的文学见解。

此外，两人还各自创作了不止一部小说、戏剧。歌德就说过：自己再次成为诗人，多亏席勒的激励。就是他那部诗歌巨著《浮士德》，也是在席勒的一再催促下，才动笔并完成的呢。难怪席勒一死，歌德竟痛不欲生，说是自己失去了一半生命。

这话并非夸张。

席勒死于肺病,死时只有四十六岁。歌德是在二十七年以后才谢世的。两人最终葬在了一处,陵墓称"歌德、席勒合陵"。至于他俩谁更伟大,据说人们至今还争论不休呢。

"以火治世"说《强盗》

席勒在剧本《强盗》的扉页上,题写着这样两句话:"药治不了的,用铁;铁治不了的,用火!"——这话本来是一位古希腊哲人谈治病时说的,用在这里,指的可是治疗这个病态社会。

一位老伯爵有两个儿子。大儿子卡尔性情豪爽、不拘小节,多年在外求学。二儿子弗朗兹则心地诡诈、卑鄙自私,总想把长子继承权弄到自己手里。于是他向爹爹谎称大哥在外堕落学坏,正遭官府通缉。接着他又以爹爹的名义写信给卡尔,说是老爹永远不会宽恕他。

卡尔是个热血青年,本来就对社会有一肚子不满;如今见老爹如此冷酷无情,不觉怒从心头起,宣称要当个劫富济贫的强盗,专跟法律作对!

弗朗兹见离间计大获成功,便又打起哥哥未婚妻的主意来。卡尔的未婚妻爱米丽娅是个坚贞的姑娘,她拒绝了弗朗兹的诱惑,又亮出刀子来回答他的威胁。弗朗兹无奈,只好作罢。不过这会儿他已经当上了一家之主,因为老伯爵早就不知去向啦。

再说卡尔带着一伙兄弟出山入林,打家劫舍,成了名副其实的强盗。一次为了救一个被俘的伙伴,他们杀进城去,放火烧了城。

火药库也起火爆炸，炸死了许多无辜百姓。卡尔心里很不是滋味。

后来卡尔带着部下辗转杀回故乡。他化装成贵族模样，独自潜回家中，从老仆嘴里得知弟弟作恶的真情。他后悔当初错怪了爹爹，又因自己成了杀人强盗而痛苦万分。在花园里，他跟爱米丽娅匆匆见了一面，就又回到田野间的强盗群里。就在这时，他意外地发现爹爹没死，是被弗朗兹关进了林间古塔里。

卡尔怒火中烧，立即派人去捉弗朗兹。弗朗兹自知难逃惩罚，便畏罪自杀了。派去捉拿他的人因为没法子交差，也自杀身亡。卡尔眼见又没了两条性命，内心受到极大震撼。此刻老爹也因受不了刺激，死在他脚边。

卡尔自感有罪，认为自己不配得到爱米丽娅的爱，便赶她走开。姑娘却说若要离开，还不如去死。众强盗也纷纷埋怨卡尔为一个女人而抛弃众弟兄。就在爱米丽娅招呼众强盗朝自己开枪的当口儿，一声枪响，卡尔亲手杀死了姑娘！他说：我卡尔所爱的人，只能死在我卡尔手上！——最终他离开众弟兄，前去投案自首，接受法律的审判。

《强盗》首演时，剧场里盛况空前。观众们叫着、闹着、跺着脚，互不相识的邻座儿也呜咽着抱在一起……观众们多希望真有一伙"强盗"从森林里杀奔出来，用铁与火向这个垂死的社会宣战啊！

剧本的结尾，反映了席勒内心的矛盾：舞台上这位喊着"把法律踩在脚底下"的铁汉，最终向"良心"和法律低了头。到头来，这也只能是一出悲剧。

席勒的另一剧本《威廉·退尔》的主题仍是反抗。在奥地利人统治的瑞士，总督将帽子置于高竿，令瑞士人对帽子行礼。猎

《威廉·退尔》主题雕塑

手威廉·退尔带着儿子杰米由此经过,硬是不肯低头。总督大怒,将苹果置于杰米头上,命威廉用箭射。威廉暗藏二箭,第一箭把苹果射落,又拿出另一支,对总督说:若第一箭射偏,这一箭就是送给你的!总督大怒,将威廉逮捕。此事引发民众反抗,终于将奥地利人赶出了瑞士!

《阴谋与爱情》:跨越等级生死恋

《阴谋与爱情》虽然也是一出悲剧,风格却又大不相同。剧本写宰相的儿子斐迪南爱上了穷乐师的女儿露伊斯。老乐师非但没感到庆幸,反而皱起了眉头——贵族子弟还能有什么好心眼儿吗?还不是拿穷人家的姑娘寻开心!

他直截了当告诉宰相:让我女儿当你家儿媳,不敢高攀;做你儿子的情妇呢,又太可惜。因此,只好拉倒!

其实宰相也不满意儿子的选择。他是靠吹牛拍马、杀害了前任宰相才掌了相印的。眼下他打算让儿子娶一位贵妇人,好作为自己进身的资本。宰相的秘书伍尔牧也暗中反对这门婚事——这个奸诈小人也看上乐师的女儿啦。

于是一个阴谋就这样形成了。宰相和伍尔牧经过一番策划，找了个借口把乐师夫妇抓了起来，然后威逼露伊斯给宫廷侍卫长写了一封假情书，作为释放老两口的父换条件。当然，这封假情书，最终送到了斐迪南手上，目的是要挑拨他跟露伊斯的关系。

斐迪南曾坚决反对爹爹干

《阴谋与爱情》至今还在舞台上演

涉自己的婚姻，还说要把爹爹的种种罪恶公布于众。可是明枪好躲，暗箭难防。这一回，他上当了。

斐迪南拿着信去质问姑娘，姑娘为了保护爹娘，一口咬定信是自愿写的。嫉妒使斐迪南发了疯，他支开老乐师，在柠檬汁里下了毒，骗姑娘喝下去，自己把剩下的一饮而尽。直到姑娘知道中毒，才道出事情真相，然而一切都太晚了！

宰相和伍尔牧闻讯赶来，听见了斐迪南临终的诅咒。宰相扑向伍尔牧，两个恶人就像狗一样撕咬在一起……

贵族子弟真心实意去爱一个平民姑娘，这在等级森严的社会里可是少有的事儿。而悲剧产生的根源也正在这儿。老乐师压根不信任贵族少爷，姑娘也因等级悬殊，感到幸福无望，想着早点儿结束这痛苦。这成了产生悲剧的内在原因。说到底，这悲剧是时代造成的。不过我们在斐迪南身上，已经看到了反叛等级制的苗头。

德国诗人海涅曾这样评价席勒:"席勒为伟大的革命思想而写作。他摧毁了精神上的巴士底狱,建造了自由的庙堂!"这评价,席勒是当之无愧的。

三六、海涅歌唱剑与火(18—19世纪,德国)

三千名曲海涅诗

其实海涅对席勒的评价,正可以用来形容他自己。就让我们看看海涅的生平吧。

席勒三十八岁那年,海涅(1797—1856)出生在莱茵河畔杜塞尔多夫城一个犹太商人家里。父亲一年到头苦心经营,可一家人的日子仍然不富裕。母亲治家挺严,连女仆给孩子讲个鬼故事,都要受到训斥。学校里的功课也不能吸引海涅。唯一让海涅感兴趣的地方,是舅舅家的阁楼。

舅舅是个医生,喜欢文学,他的阁楼上藏着大批图书,还有地球仪、烧瓶、行星图……一有工夫,小海涅就钻进阁楼里,一本一本地翻看阅读,读到激动处,竟抱着书独自哭了起来!

海涅

有一阵子，法国人占领了莱茵区，同时也带来自由、平等的新观念。少年海涅的心中从此埋下了向往自由的种子。十四岁那年，海涅还挤在人群里亲眼见到骑在马上的拿破仑呢。看着这位法国大英雄气定神闲的样子，小海涅敬佩得五体投地！

这以后，海涅当过学徒，办过公司，可都没干长。二十二岁时，他考进波恩大学学习法律，以后又先后在好几所大学读过书。二十八岁那年，他终于通过了法学博士的答辩。在这期间，他已经跟诗歌结下了不解之缘，创作了不少抒情诗。后来他把这些诗汇集起来，取名《歌集》，出版后大受欢迎，单是在他生前，就再版了十几次。

有这么一首小诗，很能代表海涅诗歌的浪漫抒情风格：

一阵可爱的钟声，
轻轻掠过我的心房。
响吧，春天的小唱，
一直响到远方。

响出去，响到那
百花盛开的园邸。
如果看见一枝蔷薇，
说我请你代为致意。

短短一首小诗，写出了诗人对爱情的憧憬，兴奋之中还带着点儿羞怯。诗的韵律像流水，又像音乐。当时就有不少音乐家，给这首诗谱上优美的曲子。

由于海涅的诗朴素流畅、富于音乐感，当时的大音乐家舒伯特、门德尔松、勃拉姆斯，都为他的诗谱过曲。有人计算过，用海涅诗谱成的曲子，总共有三千多首。海涅的诗成了音乐家灵感的源泉啦！海涅的大名也随着歌声传遍德国。

《旅游札记》：景美思深

海涅可不是坐在书斋里埋头苦吟的诗人。他顶喜欢旅行，从二十七岁开始，四年间游历了德国、意大利和英国，写下四卷《旅游札记》。那是用诗一样的散文体写成的。

头一卷叫《哈尔茨山游记》。一开头，写诗人厌倦了庸俗无聊的城市生活，决计远游登览，去呼吸自由的空气。一大早出发，晨风送爽，百鸟欢唱，心情十分舒畅。诗人一路走田野，过集镇，终于在第二天清晨登上了美丽的哈尔茨山。大自然的风光让人心旷神怡，同时让诗人产生幽远的遐想。

这以后，诗人沿山路来到一座山城。学校放学的孩子、造币厂新造出的金币、矿山那阴冷沉寂的矿坑、古城中教堂的废墟，都让诗人感慨万千。

在哈尔茨山上，诗人还跟牧童共进午餐。满山高大的枞树，仿佛一大群挨肩站立的沉默的伟人。整座大山，不就是德国人沉静、理智、宽容性格的象征吗？——红日西沉，诗人下山，心灵依然陶醉在大自然的美好之中……

海涅的文笔是那么清新流畅。优美的自然景物描写，时时扬起对社会的讽刺与揭露，提神醒脑，发人深思。

《旅游札记》的另外三卷《观念——勒格朗特文集》《从慕尼黑到热内亚的旅行》《英国片断》，分别写出诗人对拿破仑的颂扬和对意大利、英国的印象，也都用的是叙议结合、美中带刺的写法。

四卷《旅游札记》包含着大量社会内容，使海涅诗文那浪漫抒情的明丽底色上，又添加了深沉的现实色彩。

海涅诗插图一

织工之歌：三重诅咒入织机

1830年，法国爆发了七月革命。听到这个消息，诗人心潮起伏，马上写下了这样一首《颂歌》：

> 我是剑，我是火！
> 黑暗里我照耀着你们，
> 战斗打响，
> 我奋勇当先，
> 走在队伍的最前列！
> ……

就在第二年,海涅赶赴法国,从此定居在那儿。直到逝世,德国他只回去过两次。

巴黎是个人才荟萃的大都会,欧洲的文化精英们——巴尔扎克、雨果、乔治·桑、大仲马、肖邦……全聚集在那儿,海涅很快跟他们成了朋友。在海涅的朋友里,还有一位举世景仰的大思想家——马克思。只是马克思这时只有二十五岁,海涅却已四十六岁啦。共同的思想见解使这一对同胞相见恨晚,他俩结为忘年交,一天不见面,就觉得像少了点儿什么!

海涅向他的年轻朋友朗诵自己的诗歌,两人一起对诗中的字眼儿认真推敲。在马克思的影响下,海涅诗中的讽刺性更尖锐,现实性也更强烈了。

1844年,德国西里西亚的纺织工人举行大罢工,海涅写了《西里西亚织工之歌》声援他们:

> 忧郁的眼里没有眼泪,
> 他们坐在织机旁,咬牙切齿:
> "德意志,我们在织你的尸布,
> 我们织进去三重的诅咒——
> 我们织,我们织!
> …………

三重诅咒是对谁而发的呢?是对"上帝""阔人的国王""虚假的祖国"。这些正是统治者天天挂在嘴边上的那套"紧箍咒"!可海涅却说,上帝只是"愚弄和欺骗"我们,国王则"榨取我

欧洲旧式织布机

们最后的一个钱币,还把我们像狗一样枪毙"!祖国呢,在这儿,花儿没开就遭到摧残,蛆虫们却活得挺自在!

就这样,海涅毫不留情地把"神圣"的东西破除掉了。由于歌儿是写给纺织工人的,所以采用了织布机的节奏。试想,工人们伴着机器的铿锵节奏唱着这歌时,会多么有气势!

讽刺长诗《德国,一个冬天的童话》

同一年,诗人写出了那部最著名的政治讽刺长诗《德国,一个冬天的童话》。在前一年,诗人回了一趟德国。阔别十三年,德国却还是死气沉沉的老样子。诗人无限感慨与愤懑,于是写下这部二十七章的长诗。

诗的开头,写诗人踏上德国本土,马上受到普鲁士海关官员的检查。诗人对此讽刺说:"蠢人们,你们搜箱倒箧吧。可你们能发现什么呢?我带的违禁品,都藏在我脑子里呢!"——诗人说的"违禁品",自然是指让统治者头痛的民主思想啦!

当看到普鲁士国徽上那只老鹰时,诗人不由得怒满胸膛,恨不得立刻把它捉在手中,拔掉它的羽毛,斩断它的利爪,再让莱茵区的好猎手对它射个痛快!而那座阴森森耸立着的大教堂,在诗人看来,恰是"精神的巴士底狱"!

当时德国有那么一派,他们打着寻求自由的幌子,却鼓吹君主制度,希望有腓特烈大帝那样的"圣君"再世,统一德国。可海涅却在诗中对这位长着红胡子的皇帝说:"去睡你的吧,你这个古老的神异。没有你,我们照样解放自己……根本用不着皇帝!"

汉堡是诗人旅行的最后一站。这儿可是当时德国最繁荣、最自由的一座城市。诗中那位汉堡守护女神也为此自鸣得意呢。可诗人并不满意:难道这就是社会变革的美好前景吗?在诗人看来,光用玫瑰油和麝香,又怎么治得好重病不起的祖国!

在长诗里,海涅几乎冲着整个德国社会发出了挑战。他用笔代替雪亮的长剑,指向统治者、教会、军队、圣贤、御用文人、民族主义者、市侩……诗人自称:"我永远是一只狼,我有狼的牙齿和狼的心……我将永远嗥叫,跟着狼群!"这个比喻可有点儿不同一般。从这个比喻中,我们看到诗人高傲、顽强、无所畏惧的身影,却又多少有点儿踽踽

海涅诗插图二

独行、漫无目的……

讽刺是这部长诗的突出特色。有人说，犹太文学的精华就是讽刺。这部长诗中有暴露，有挖苦，有嘲笑，有幽默，亦庄亦谐。再加上种种奇思妙喻和鼓点式的节奏，长诗显得多姿多彩、色调斑斓。文学史上往往把《歌集》和《德国，一个冬天的童话》，看作海涅一生中两部最重要的诗歌代表作。

长剑押棺慰诗魂

这首诗干吗叫《冬天的童话》呢？有这么一种解释：说是当时的德国腐朽而落后，可统治者偏说这个社会制度挺好，还会长久延续下去。这难道不是在讲"童话"吗？而眼前的德国毫无生机，萧条得像冬天似的，因而这"童话"也只能是"冬天"的了。不过也有人说，"童话"是指诗中提到的"新的生活"。一个冬天的童话，到了春天便会成为现实的，诗人对他的祖国并没有绝望！

海涅去世于1856年，那年他差一岁六十。他身体一直就不好，四十八岁那年，他去参观一处大教堂，突然倒地不起，后来便瘫痪在床，两眼也几乎失明，在床上一躺就是八年。他说自己人未死，却已进了"床褥的坟墓"。

可就算这样，他还忍着病痛，自己口授，请人记录下不少好诗，并结成集子出版。有一首《决死的哨兵》这样写道：

　　一个岗哨空了——伤口裂开。
　　一个人倒下了，别人跟上来——

海涅故乡杜塞今日风光

我的心摧毁了,武器没有摧毁。
我人倒下了,却并没有失败!

你听,这像是躺在"床褥的坟墓"里的人吟出的诗句吗?海涅永远是个顽强的战士!海涅临死时,要求在自己的灵柩上放上一柄长剑。这倒真是一名战士的"盖棺论定"啊!

三七、霍夫曼、格林兄弟
(18—19世纪,德国)

霍夫曼《金罐》有点儿"神"

霍夫曼(1776—1822)跟歌德、席勒是同时代人。他出身于律师家庭,曾在大学学法律,毕业后到柏林当了法官。

不过他天生是个诗人,又喜欢音乐,据说还酷爱喝酒。一喝起来,他便觉得自己飘飘然进入了神仙世界。慢慢地,他竟有点儿相信鬼神了。

霍夫曼的作品,也都带着神秘色彩。有一篇小说《金罐》,写大学生穆斯爱上了皇家档案馆管理员的小女儿吉尔彭蒂娜。后来他才知道,这个蓝眼睛的可爱姑娘,竟是一条小蛇变的;而她那管理员爹爹,则是一条火蛇,因为践踏了魔王的花园,被罚下人间——只有当他的三个女儿都嫁给有诗人气质的小伙子后,他才能得到解脱。

不过大学校长的女儿也爱上了既潇洒又有点儿鲁莽的穆斯。她借着一个老巫婆的帮助,来争夺这个大学生的心。巫婆是个丑陋的卖苹果的老太婆。有一回穆斯急着去参加节日狂欢,不小心踢翻了她的篮子,她便诅咒说:"跑吧,跑吧,早晚你要掉进水晶瓶里去!"

后来穆斯帮管理员抄写档案馆的神秘手稿,把墨水溅到了手稿上,蓝光一闪,火焰腾起,他果然被关进一间水晶牢房里!

最终凭着对吉尔彭蒂娜纯真的爱,穆斯脱离了水晶牢笼。管理员也从女巫手里夺回女儿的嫁妆——一个神奇的金罐。父女、翁婿一同去了海外仙山。

霍夫曼还有一部著名的小说

《金罐》插图

集《谢拉皮翁兄弟》，里面的故事也都情节曲折、引人入胜。

格林兄弟，童话"大王"

霍夫曼的小说交织着现实与幻想，带有童话的性质。其实此时德国还有一对兄弟，也对童话感兴趣。

这对兄弟，哥哥叫雅科布·格林（1785—1863），弟弟叫威廉·格林（1786—1859），两人只差一岁。有意思的是，这哥儿俩学的是法律，还当了法学教授，却都迷上了民间文学。

他俩花费毕生精力搜集民间流传的童话故事，编成一本《儿童与家庭童话集》——就是人们平常说的《格林童话》。

由于他们的搜集工作是不断进行的，所以这本童话集也越编越厚。最后一版共包括二百一十六个故事。像《灰姑娘》《白雪公主》《小红帽》《蓝灯》……全都出自这部童话集。

《格林童话》封面

就说说《灰姑娘》吧。有个女孩儿死了母亲，受尽后娘欺凌。她整天干活，浑身沾满炉灰，人称灰姑娘。国王、王子举行盛大舞会，后娘带着她两个亲生女儿前去赴会，灰姑娘却只能守在灰堆旁。

然而靠着一棵神奇的榛树以及小鸟的帮助，灰姑娘得到一套美丽的衣服、一双金色的鞋子，也赶去参加舞会,并跟王子跳起舞来。谁也想不到,这位气质高贵的美丽公主竟是灰姑娘!

因为怕被别人认出,灰姑娘在匆匆离开时失落了一只金鞋。凭着这只金鞋,王子最终找到灰姑娘,并跟她结为连理!

《灰姑娘》插图

说起这个故事,其实跟中国还有些渊源呢。我国唐代有一本笔记叫《酉阳杂俎》,里面有一篇《叶限》,就跟《灰姑娘》很相像。

姑娘叶限的娘和爹先后去世,她整天被后娘驱使,干着又脏又累的活。她唯一的朋友是一条小鱼,但这条小鱼也被后娘从池塘里捞起来吃掉了。有神人托梦给叶限,让她把鱼骨埋起来,原来这鱼骨竟是有求必应的宝贝!

过节了,后娘带着两个妹妹去赴会。叶限向鱼骨求得美丽的衣服和鞋子,也随之前往。后来她急着回家,将一只金鞋遗落。金鞋被辗转卖给附近岛国的国王,国王派人四处寻找金鞋的主人,终于找到叶限,并娶她为王后。

《叶限》的故事背景是中国西南地区,学者怀疑,这故事有可能是从印度传来的。在古印度语中,"叶限"便是扫灰的意思。

《酉阳杂俎》的作者是段成式,他生活在9世纪,而格林兄弟则活动于十八九世纪。从这两个故事中,我们还能看到一则美丽童话在欧亚间千年传播的曲折轨迹。

简明外国文学家词典·一（按生年先后排列）

荷马（大约生活于前9—前8世纪）希腊盲诗人。有史诗《伊利亚特》和《奥德赛》，合称《荷马史诗》。

赫西奥德（大约生活在前8世纪）希腊学者。整理编辑《神谱》。

伊索（大约生活在前6世纪后半叶）希腊寓言作者。有《伊索寓言》。

埃斯库罗斯（前525—前458）希腊悲剧诗人。有剧本《埃特纳女人》《乞援人》《波斯人》《七将攻忒拜》《阿伽门农》《奠酒人》《报仇神》等。代表作为《被缚的普罗米修斯》。

索福克勒斯（前496—前406）希腊悲剧诗人。有剧本《埃阿斯》《厄勒克特拉》《特拉基斯少女》《菲罗克忒忒斯》《俄狄浦斯在科洛诺斯》等。代表作为《安提戈涅》和《俄狄浦斯王》。

欧里庇得斯（约前485—前406）希腊悲剧诗人。有剧本《阿尔克提斯》《赫拉克勒斯的儿女》《安德罗玛克》《赫卡帕》《请愿的妇女》《特洛伊妇女》《伊菲格涅亚在陶洛人里》《海伦》《奥瑞斯忒斯》《疯狂的赫拉克勒斯》《伊翁》《腓尼基少女》等。代表作为《希波吕托斯》和《美狄亚》。

阿里斯托芬（约前446—前385）希腊喜剧诗人。有剧本《宴会者》《巴比伦人》《阿哈奈人》《骑士》《云》《马蜂》《和平》《鸟》《吕西斯忒拉忒》《地母节妇女》《蛙》《公民大会妇女》《财神》等。

毗耶娑（约生活在前4世纪以前）意译为"广博仙人"，印度诗人，很可能是传说中的人物；印度史诗《摩诃婆罗多》相传为他所作。他大概还编著了《吠陀》及一些往世书。

跋弥（约生活在前4—前3世纪）意译为"蚁垤"，印度诗人。传为印度史诗《罗摩衍那》的作者。

普劳图斯（前254—前184）罗马戏剧家。有剧本《一罐金子》。

泰伦斯（约前190—前159）罗马戏剧家。有剧本《婆母》《两兄弟》等。

维吉尔（前70—前19）罗马"诗坛三杰"之一。有史诗《埃涅阿斯纪》等。

贺拉斯（前65—前8）罗马"诗坛三杰"之一。作品收入《歌集》。

奥维德（前43—18）罗马"诗坛三杰"之一。著有《变形记》。

迦梨陀娑（约生活在4—5世纪）印度诗人。有诗歌《云使》等，有剧本《沙恭达罗》。

太安万侣（？—723）日本奈良时期史官。根据女官稗田阿礼的讲述，记录并整理撰写《古事记》。

柿本人麻吕（约660—约720）日本万叶时代诗人。代表作有《柿本朝臣人麻吕从石见国别妻上来时歌二首》《吊明日香皇女吉备乐女挽歌》等，作品多收于《万叶集》中。

鲁达基（850—941）波斯诗人，史称"波斯诗人之父"，诗包括颂诗、抒情诗及四行诗。代表作有《酒颂》《老年怨》等。

紫式部（约978—约1015）日本女作家，本姓藤原，名不详。曾入宫为女官，撰有《紫式部日记》等。代表作为《源氏物语》，被誉为日本古典文学的高峰。

莪默·伽亚谟（1048—1131）又译为欧玛尔·海亚姆，波斯诗人，以四行诗闻名。著有《鲁拜集》。

萨迪（1208—1291）波斯诗人。代表作有叙事长诗《果园》及用诗化语言写成的《蔷薇园》。

但丁（1265—1321）全称但丁·阿利吉耶里，意大利诗人，被誉为"中世纪的最后一位诗人，同时又是新时代的最初一位诗人"（恩格斯）。有诗集《新生》《诗集》、文集《飨宴》《帝制论》等。代表作为长篇叙事诗《神曲》。

彼特拉克（1304—1374）意大利诗人。有叙事诗《阿非利加》、散文《名人传》等。代表作为抒情诗集《歌集》。

薄伽丘（1313—1375）意大利作家。撰有传奇《菲洛哥洛》、长诗《苔塞伊达》等。代表作为故事集《十日谈》。

哈菲兹（1320—1389）波斯诗人。以抒情诗体"嘎扎勒"著称。

乔叟（约1343—1400）英国诗人。有诗歌《公爵夫人的书》《声誉之宫》等。代表作为诗体故事集《坎特伯雷故事集》。

莫尔（1478—1535）全称托马斯·莫尔，英国政治家、作家。有拉丁语代表作《乌托邦》，既是文学名著，也是影响深远的社会学专著。

拉伯雷（约1493—1553）法国小说家。代表作为小说《巨人传》，共五部。

苏尼加（1533—1594）西班牙诗人。曾赴美洲参加征服印第安人的战争，回国后撰写长诗《阿劳加纳》，歌颂印第安人的不屈精神，被称为"第一部以诗歌形式歌颂美洲的作品"。

塞万提斯（1547—1616）西班牙诗人、戏剧家、小说家。撰有剧本《努曼西业》《八出喜剧和八出幕间短剧》、田园牧歌小说《伽拉苔亚》等。代表作为长篇小说《堂吉诃德》。

斯宾塞（1552—1599）英国诗人。有诗作《牧人月历》《爱情小诗》《结婚曲》等。代表诗作是《仙后》，惜未能卒篇。

维加（1562—1635）全名洛佩·德·维加，西班牙诗人、戏剧家。有诗歌《诗韵集》、小说《阿卡迪亚》等，戏剧方面成就最高，据统计写过一千八百个剧本，有《谨慎的情人》《美丽的以撒》《真正的爱人》《烧毁的罗马》等。代表作为《羊泉村》《最好的法官是国王》等。

马洛（1564—1593）英国戏剧家、诗人。有剧作《迦太基女王狄多》《帖木儿》《浮士德博士的悲剧》《马耳他岛的犹太人》《爱德华二世》等。

莎士比亚（1564—1616）英国诗人、戏剧家。一生留下三十七部戏剧和一百五十四首十四行诗。尤以戏剧创作著称，其历史剧有《亨利六世》《理查三世》《理查二世》《亨利四世》《亨利五世》等，喜剧有《错误的喜剧》《温莎的风流娘儿们》《威尼斯商人》《驯悍记》《爱的徒劳》《无事生非》《仲夏夜之梦》《皆大欢喜》《第十二夜》《终成眷属》《请君入瓮》等，又有《罗密欧与朱丽叶》，则属于悲剧。另有所谓"四大悲剧"，即《哈姆雷特》《奥赛罗》《李尔王》《麦克白》。其晚期主要作品有《暴风雨》《辛白林》《冬天的故事》等。

阿拉尔孔（1581—1639）西班牙诗人、剧作家。出生于墨西哥。戏剧代表作有《塞哥维亚的织布匠》《可疑的真情》《隔墙有耳》等。

高乃依（1606—1684）法国剧作家。有戏剧《梅丽特》《梅黛》《贺拉斯》等。戏剧代表作为五幕诗剧《熙德》。

弥尔顿（1608—1674）英国诗人。有论文《论国王和官吏的职权》《偶像破坏者》《为英国人民申辩》等。诗歌代表作为《失乐园》《复乐园》《力士参孙》。

拉封丹（1621—1695）法国寓言诗人。代表作为《寓言诗》，共十二卷，共收寓言诗二百三十九首。其中《乌鸦与狐狸》《兔子与乌龟》等，都脍炙人口。

莫里哀（1622—1673）本名让·巴蒂斯特·波克兰，法国剧作家。所作多喜剧，有《冒失鬼》《爱情的埋怨》《可笑的女才子》《丈夫学堂》《太太学堂》《讨厌鬼》《昂分垂永》《贵人迷》《司卡潘的诡计》《无病呻吟》等。代表作为《伪君子》（即《达尔丢夫》）、《悭吝人》（又译为《吝啬鬼》）。

拉辛（1639—1699）法国悲剧诗人。有戏剧《菲德拉》《爱丝苔尔》《阿达莉》《布里塔尼居斯》等。代表作为《昂朵马格》（又译为《安德罗玛克》）。

克鲁斯（1651—1695）墨西哥女诗人。有长诗《初梦》及《神圣的纳尔西索》。主要剧作有《家庭的责任》《爱情是个大迷宫》

等。其散文《答菲洛特亚·德·拉·克鲁斯修女》具有传记价值。

笛福（1660—1731）英国小说家。有诗歌、政论等作品。有小说《辛格尔顿船长》《摩尔·弗兰德斯》《杰克上校》等。小说代表作为《鲁滨孙漂流记》。

斯威夫特（1667—1745）英国作家。有叙事诗《鲍席斯和菲利蒙》、讽刺文章《一只澡盆的故事》等。代表作为寓言小说《格列佛游记》。

孟德斯鸠（1689—1755）法国思想家、作家。《百科全书》撰稿人。有法学专著《论法的精神》。另有文学性的争论文集《波斯人信札》。

理查逊（1689—1761）英国小说家。撰有书信体小说《帕美勒》及《克拉丽莎》。

伏尔泰（1694—1778）法国哲学家、史学家、文学家。他是《百科全书》撰稿人，文稿收入他的《哲学词典》。文学创作有史诗《亨利亚德》、戏剧《俄狄浦斯王》《布鲁图斯》《扎伊尔》《穆罕默德》《中国孤儿》等，并有哲理小说《查第格》(《查第格或命运》)、《天真汉》及《老实人》(《老实人或乐观主义》) 等。

菲尔丁（1707—1754）英国小说家、剧作家。撰有戏剧《堂吉诃德在英国》《巴斯昆》《1736年历史日历》等。有小说《约瑟夫·安德鲁斯》《大伟人江奈生·魏尔德传》《阿米丽亚》，代表作为《汤姆·琼斯》(《弃婴汤姆·琼斯的故事》)。

卢梭（1712—1778）法国思想家、文学家。《百科全书》撰稿人。有学术著作《民约论》、自传《忏悔录》等。小说代表作为《新爱洛绮丝》和《爱弥儿》。

狄德罗（1713—1784）法国思想家、文学家。《百科全书》撰稿人。有学术专著《哲学思想录》。文学作品有戏剧《私生子》《一家之主》、小说《修女》《拉摩的侄儿》《宿命论者雅克和他的主人》。

莱辛（1729—1781）德国剧作家、文艺理论家。有剧本《年轻的学者》《菲拉托斯》《爱米丽雅·伽洛蒂》《萨拉·萨姆逊小姐》等、散文《寓言和故事》等。文艺理论及美学代表作为《关于当代文学的通讯》《拉奥孔》《汉堡剧评》。

博马舍（1732—1799）法国戏剧家。创作剧本《欧也妮》《两个朋友》等。代表作有《塞维勒的理发师》《费加罗的婚礼》。

歌德（1749—1832）德国诗人。有诗歌《欢迎与离别》《野蔷薇》《漫游者的暴风雨之歌》《普罗米修斯》《冬日游哈尔茨山》《神性》《魔王》《渔夫》《掘宝者》《魔术学徒》《神女与妓女》等，又有组诗《罗马哀歌》《威尼斯铭语》、长篇叙事诗《赫尔曼与窦绿苔》等。歌德对中国文化很感兴趣，还写过一组《中德四季晨昏杂咏》。小说作品有《少年维特之烦恼》《亲和力》《威廉·迈斯特》等。自传及纪实散文有《诗与真》《意大利游记》等。戏剧则有《托夸多·塔索》《哀格蒙特》《伊菲格涅亚在陶里斯》等，最重要的戏剧代表作是《浮士德》。

席勒（1759—1805）德国诗人、剧作家。有诗歌《欢乐颂》《希腊的神祇》《美的宗教》《潜水者》等、论文《论悲剧艺术》《论激情》等。戏剧作品有《唐·卡洛斯》《斐爱斯柯》《华伦斯坦》等，代表作为《强盗》《阴谋与爱情》《威廉·退尔》。

阮攸（1765—1820）越南作家，字素如，号清轩，又号鸿山猎户。他在越南黎王朝做官，曾出使中国，回国后根据中国的《金云翘传》写成越南名著《金云翘传》。阮攸尚有《清轩前后集》《北行诗集》《南中杂吟》等汉文作品。

霍夫曼（1776—1822）德国作家。有短篇小说集《卡罗特式的幻想篇》（内收《金罐》等）、《谢拉皮翁兄弟》等。小说代表作尚有《小查克斯》《跳蚤师傅》等。

利萨尔迪（1776—1827）墨西哥作家、政论家。曾创办杂志《墨西哥思想家》，撰写诗歌、散文、小说。有戏剧《敏感的黑人》等、诗集《欢乐的时刻》。小说代表作《癞皮鹦鹉》（即《佩里基略·萨尼恩托》）是拉丁美洲第一部长篇小说。

格林兄弟［雅科布·格林（1785—1863），威廉·格林（1786—1859）］德国民间文学研究者。兄弟二人致力于民间文学的收集、整理、研究工作，编成《儿童与家庭童话集》，最后一版共收故事二百一十六篇。其中的《灰姑娘》《白雪公主》《小红帽》，都脍炙人口。

海涅（1797—1856）德国诗人。有散文《旅游札记》、文艺评论《论法国的画家》《论浪漫派》等，另有小说及戏剧作品。其诗歌作品有诗歌《颂歌》《西里西亚织工之歌》、组诗《北海纪游》、长诗《阿塔·特罗尔，一个仲夏夜的梦》等。代表诗作为《歌集》及长诗《德国，一个冬天的童话》。

埃切维里亚（1805—1851）阿根廷诗人、作家、社会活动家。有长诗《埃尔维拉》及《女俘》等。小说代表作为《屠场》。